Río Muerto

Ricardo Silva Romero

Río Muerto

ALFAGUARA

Título original: *Río Muerto*
Primera edición en Alfaguara: abril, 2020
Primera reimpresión: junio, 2020
Segunda reimpresión: septiembre, 2020
Tercera reimpresión: octubre, 2020
Cuarta reimpresión: noviembre, 2020
Quinta reimpresión: julio, 2021

© 2020, Ricardo Silva Romero
© 2020, de la presente edición en castellano para todo el mundo:
Penguin Random House Grupo Editorial, S.A.S.
Cra. 7 N°. 75-51, piso 7, Bogotá, D. C., Colombia
PBX (57-1) 7430700

© Foto de cubierta: Jesús Abad Colorado,
Ritual y misa en memoria de las víctimas en la iglesia de Bellavista en Bojayá, Chocó. Octubre de 2002.

Impreso en Colombia-*Printed in Colombia*

ISBN: 978-958-5118-09-6

Compuesto en caracteres Adobe Garamond Pro

Impreso en TC impresores, S. A. S.

Nota inicial

A principios de 2017, a bordo de una camioneta que remontaba la autopista lentísima que va a dar a Bogotá, mi compañero de viaje me dijo «yo voté contra la paz del plebiscito aquel porque voté contra todos los verdugos». Me lo dijo cuando ya se nos habían acabado los temas de conversación para soportar el peor trancón en la historia de los trancones y llevábamos un buen rato maldiciendo en silencio nuestra situación. Y como le respondí que yo había votado a favor por las mismas razones por las que él había votado en contra, porque quería que alguna guerra de estas empezara a acabarse, se puso a contarme la novela que voy a contar tal como la voy a contar y tal como la va usted a leer.

Escribo esta trama porque él me lo pidió. «De pronto cámbiele los nombres…», pensó en voz alta y luego me lo repitió y lo subrayó mirándome a los ojos.

Sigo preguntándome cómo habrá hecho para ser la persona seria, de buen humor y de buen corazón que ha seguido siendo.

Sigo acordándome de que, luego de soltarme su tragedia y su milagro, me dio las gracias y cambió de tema como si este libro fuera un hecho.

Todos los finales son designios del Señor, pero no es lo mismo morir que ser asesinado. Salomón Palacios, el mudo que fue mudo desde niño, se dio cuenta de que iban a ajusticiarlo sin piedad a unos pasos de su casa como si estuviera recibiendo una última lección, como si su espíritu estuviera recordando una escena que su cuerpo jamás habría sido capaz de imaginar: «Pero claro que iban a matarme…», pensó. Ya iban a ser las once de la noche de aquel sábado de enero. Venía escuchando «un grande nubarrón se alza en el cielo…» en el camión blanco y pequeño y tembleque que les daba de comer. Andaba con la guardia abajo y ciertas ganas de morirse que no eran para tanto. Y cuando notó su propio fin, rendido e iracundo, sólo supo agarrarse del timón, poner la mirada en la luz nocturna de la ventana de la pieza, rogarle piedad a su mujer por haberla dejado sola y pedirles perdón a sus dos hijos por dejarlos solos con ella: con su tormento y con su furia y con su maña de morirse matando.

No había nada por hacer, no había tiempo de fumarse el último, ni había adónde volver ni en dónde esconderse. El corregimiento de Belén del Chamí, en el municipio de Monteverde, que hasta hoy no ha logrado, ni rogando, aparecer en el suroccidente del mapa de Colombia, quedaba en ese entonces muy, muy lejos de su casa. Y entonces sí iba a morirse e iba a dolerle la muerte porque era seguro que la demoledora locura de ella era el paso a seguir.

Un relámpago entre el monte encendió las siluetas armadas con fusiles y describió los escombros del camino destapado. Hubo una parte de él, tal vez su cuerpo, que alcanzó a preguntarse —y su voz de la consciencia, que no

9

tenía otra voz, era grave— «¿por qué no estoy pisando el acelerador?», «¿por qué no estoy escapándomele a esta muerte?», «¿por qué no corro hacia las lomas que están junto a Belén?». Pero el resto fueron las luces polvorientas y el estrépito del furgón. Fue frenando de a pocos para no llevarse por delante a sus tres, cuatro asesinos. Y luego, cuando su resignación apagó el camión y abrió la puerta y se bajó de un salto a la carretera y notó que iba a morir jadeando de miedo, vinieron los fusilazos en la oscuridad: «Tome por sapo, bobo hijueputa».

Se desgonzó. No se fue atrás como un hombre talado, sino abajo como un hombre sin huesos, como si morir fuera lo mismo que ser asesinado. Cerró los ojos y se dijo «no», pero quería y no podía gritar «ay», unos segundos antes de desfallecer en el suelo cubierto de charcos y de piedras.

Se vio luego a sí mismo, pero no sabía que él era él, ni tenía claro cuál era su nombre, en una selva renegrida y estrecha y viscosa y fétida que le pareció el infierno: puede que lo fuera. Pasó allí días, meses, años: quién sabe cuánto pasó. No se acostumbró nunca a esa oscuridad. No supo jamás de bordes ni de rincones, no fue capaz de avanzar a ninguna parte mientras estuvo sepultado allí —apenas se alzó entre el pantano espeso y helado—, pero se le volvieron un hábito la pestilencia que no se disipaba y el escupitajo que, como una gotera en una pesadilla, le caía desde el techo de aquella enramada que algo tenía de caverna porque allí adentro no llovía. Se descubrió después, aunque puede que «después» no sea la palabra, tratando de ver algo, de ver. Y vio esas ramas pobres y esos insectos pegadizos sin patas y sin alas que reptaban por el fango. Y así consiguió que esa negrura se le fuera volviendo una noche.

Estoy contando lo que me contaron tal como me lo contaron: que a Salomón Palacios lo fusilaron a unos pasos de su casa y murió y fue una cosa sin nombre entre la cerrazón hasta que volvió de la muerte. Que tardó una eternidad en volver, pues el alma recobra la memoria a su propio tiempo, a su ritmo, pero que debe estar por allá ahora, y siempre está, porque la muerte es el verdadero presente y porque ciertos asesinados no se van. Vio su propio cadáver bocarriba, abaleado y pateado y en guardia, junto a los pastos salvajes donde los vecinos echan la basura. Vio a sus asesinos encapuchados subirse a un jeep sin precauciones, sin afanes, como dueños y jueces de un lugar lejos de Dios.

Y, apenas se fueron los verdugos, vio a sus dos hijos corriendo por el camino que iba de la casa hasta la carretera. Todo le pareció pequeño: la casa, el camino, el furgón. Sintió vergüenza por haberse ido así, de golpe, sin haberlos sacado antes de ahí. Quiso pedirles perdón, perdón por todo. Trató de acercársele a Maximiliano, el de doce años, que siempre ha sabido vivir y ha encontrado amigos y ha tenido fuerza. Tuvo el impulso como un empujón de pararse junto a Segundo, el de ocho, que siempre le ha temido a todo y ha vivido detrás de la familia y metido en sus ideas y mirando al piso. Pero entonces apareció su mujer, la enjuta y nítida y canosa antes de tiempo Hipólita Arenas, haciéndose la fuerte desde la puerta de la casa hasta el lodazal de sangre: como si no fuera raro que le desgarraran a tiros al marido allí nomás, como si siguiera siendo la misma muchacha a la que le daba rabia la tristeza.

Hipólita lloró luego porque no podía ser, porque se habían dicho «nos vemos más tarde» después de la ceremonia en el templo, porque el mudo se había muerto sin haber sido capaz de dejar de fumar, porque sin él, sin su marido, cómo iba a hacer ninguna cosa. Se puso de rodillas con las rodillas desnudas. Se raspó. Sangró. Arruinó su falda de flores. Sostuvo la cabeza de su hombre para que no fuera una cosa muerta y tirada ahí y nada más. Besó su frente y le cerró los ojos y le cerró la boca para que nadie le viera al pobre las calzas de plata. Preguntó a nadie quién fue, quién fue. Gritó adelante y atrás y a los dos lados «hi-jueputas asesinos: yo los voy es a matar uno por uno apenas los vea, malparidos». Se tragó las ganas de llorar para no darle gusto al Señor, que es cruel y permite semejante dolor. Les dijo a sus hijos «ayúdenme a entrarlo a la casa» cuando cayó en cuenta de que los cobardes de los vecinos —sus únicos vecinos en la nada— estaban mirándolos desde las ventanas de enfrente.

Salomón les pidió perdón a sus hijos mientras llevaban su cuerpo pesadísimo a la casa. Hipólita se lo imaginó pidiéndoles perdón, «yo no sé qué pasó...», «yo jamás pensé...», porque sintió un susurro detrás de su hombro, pero no creyó que fuera verdad, pues los espantos de los mudos tienen que ser mudos. Dijo «habrá que llevarlo a la funeraria de Belén porque dígame qué más hacemos...» apenas vio su cadáver bocarriba sobre el piso de la entrada. Y de pronto —y eso era lo que Salomón se temía: por eso era que él no se podía morir, por eso y por el delirio que vendría después— empujó la escoba que había que cambiarla y abrió la puerta de la casa y se puso a gritarles a los vecinos asomados tras las cortinas «¿qué es lo que miran?», «¿de qué se ríen?» convertida en una loca con un palo.

—¡Jueputa, Salomón, no hice sino decirle que nos fuéramos de este puto pueblo! —gritó dándole un portazo a todo, pero ahí mismo se dijo la expresión que solía decirse—: Pa' qué.

Salomón Palacios, el mudo muerto, el muerto mudo, no estaba parado, ni estaba sentado al lado de su gente en el pequeño comedor de madera de la pequeña casa de madera. Flotaba por ahí, como una polilla aleteándoles a los bombillos, agobiado por la necesidad de jurarles por el Señor y por sus ángeles que él no tenía ni idea de que sí lo iban a matar: desde septiembre del año pasado venía escribiendo en una libreta de la casa algunas cosas sobre morirse, «si yo me llego a morir ustedes se van al otro día de acá...», pero si él hubiera creído que las amenazas eran más que bulla, si él hubiera sospechado que lo iban a matar por hacer un simple favor como los favores que les hacía siempre a todos sin importarle si estaban con los unos o con los otros, es seguro que se habría quedado quieto.

Salomón solía guardarse los gestos dramáticos, pues además de mudo era retraído y huidizo, y claro que quería vivir y claro que habría preferido seguir viviendo.

Desde la esquina de arriba vio a su hijo mayor rogándole a la sulfurada Hipólita que cerrara la ventana y corriera la cortina, que se quedara adentro y ya: «Venga acá, la mamá, no les dé ese gusto…».

Desde la esquina de abajo vio a su hijo menor, que lo acompañaba a todo cuando estaba vivo, buscando un lugar en donde no les estorbara ni les preocupara. Se hizo un rato detrás de la pared de la cocina. Y, cuando se sintió escondiéndose, prefirió sentarse en la mecedora de la sala, pero apenas captó que no era momento de mecerse se paró al lado del televisor borroso, que estaba encendido justo en el video nuevo del himno nacional —y todas las noches se quedaba encendido hasta el cierre de la programación: esas barras de colores—, y entonces se puso a ver a los abuelos y a los niños de colegio y a las profesoras y a los futbolistas y a los soldados y a los pasajeros de la chiva que cantan «oh gloria inmarcesible…» y miran con orgullo la bandera.

¿Qué iban a hacer estos tres sin él? ¿Cómo iban a lidiar a los matones del Bloque Fénix que andaban dizque librando a Belén de los compinches y los sapos del viejo Frente 99? ¿Dónde iban a esconderse si un par de malparidos encapuchados llegaban una noche a joderlos?

¿Y quién iba a defender a su mujer, que no se callaba una sola verdad de las que se le pasaban por la cabeza, de los chulos babosos que iban a lanzársele en unos cuantos días? ¿Y qué iba a ser de Segundo, su hijo menor, que era un rezandero y un solo, pero solo no podía hacer nada?

13

Salomón el fantasma estuvo allí todo el tiempo, todo, sobre ellos tres y entre ellos tres como una mosca exasperante, y los vio sollozando en la cama grande, y reclamándole a la vida semejante sorpresa, y jurando venganza por turnos, y preguntándose a quién pedirle ayuda si no tenían a nadie más, y llamando en vano a los teléfonos que se sabían de memoria, y poniendo a calentar un agua para un café, y escupiendo y meando como presumiendo de estar vivos. Hipólita, que siempre hacía lo que le venía en gana, pero siempre se lo consultaba antes —y tenía puesta, como un chiste macabro, la falda de florecitas que a él le gustaba tanto—, fue quedándose sin palabras un rato después. Segundo se hizo el dormido en el lado de la cama en el que se acostaba su padre. Y Maximiliano dijo «mamá: ¿no que íbamos a llevar a mi papá a la funeraria?» porque alguien tenía que volverlo a decir: no podían seguir aplazando la realidad.

Quizás la muerte sea un problema irresoluble, un misterio en las manos de los pastores de la Iglesia Pentecostalista del Espíritu Santo, pero un cadáver es un problema práctico.

Y su cuerpo tenía los ojos abiertos otra vez y había vuelto a abrir la boca como pegando un grito y seguía ensangrentando las tablas del piso de la entrada de la casa.

Se estaba entiesando, emblanqueciendo. Comenzaba a apestar. Y no era nada fácil creer —pero así me lo contaron a mí y así lo cuento yo— que toda esa miseria está en los planes del Señor.

Sintió adentro las mariposas negras de la madrugada. Vio a sus tres huérfanos subiendo su cadáver en la parte de atrás del camión como perdiéndose, los tres, en la fatalidad que les tocó a ellos en suerte: «En la rifa...». Hipólita miró con odio ensangrentado a los únicos vecinos que tenían, haciéndose los dormidos y diciéndose «pa' qué se mete el mudo Salomón donde no le toca...» allá en la casucha de enfrente el par de malnacidos, pero pudo tragarse los gritos que tenía atragantados porque sus hijos le rogaron que no agravara el viacrucis: «Vamos, la mamá, súbase al carro...». Max, el hijo mayor, que había aprendido a manejar el furgón hacía unas semanas —«uno no sabe», escribió su papá en la libreta sin tener ni idea—, insistió en que se fueran los tres en la cabina, pero Hipólita, que apretaba los dientes y los puños, insistió en irse allá atrás con el cuerpo de su marido.

Hipólita se sentó sin aire en el remolque, sobre una llanta de repuesto, junto a su cadáver. No notó las figuras de sangre, las sombras de sangre en las uñas de las manos y en los bordes de su falda de flores. No notó la tembladera, ni las curvas violentas, ni los frenazos del furgón que su hijo mayor a duras penas conducía. Se puso a maldecirlo a él, al cuerpo que fue él, por dejarla sola en Belén del Chamí, por romper el pacto que habían hecho de morirse juntos cuando los niños fueran viejos, por írsele de buenas a primeras sin siquiera haberle dado la oportunidad de pensar si ella quería irse con él, por él, detrás de él: «¿Y ahora de qué vamos a vivir?», «¿y quién me va a llevar al trabajo?», «¿y dígame qué voy a hacer yo con mis dos hijos si yo sola no puedo?».

15

Hipólita trabajaba en el mercadito a la vuelta de la esquina de la inspección de policía. Era la cajera desde hacía tres años porque no se le escapaba ni un solo peso, ni un solo detalle. Don Cristóbal Murcia, el dueño, le tenía el mismo respeto que les tenía a los hombres. Doña Miriam de Murcia, la mujer del dueño, le tenía el mismo cariño que les tenía a los hombres. Cuando se iba para el parque, a la hora del almuerzo, se ganaba el saludo de los tenderos de paso y los feligreses compungidos y los lancheros del río y los pacientes del centro de salud: no sólo su marido, que hacía trasteos por todo el municipio de Monteverde, sino también ella, que prestaba y fiaba y regalaba y animaba a los clientes, se habían estado ganando el cielo obra por obra.

De los 3.931 habitantes del corregimiento de Belén del Chamí, que «Chamí» es «cordillera» en la lengua embera, más o menos la mitad sobrevivía a duras penas. Pero dígame usted qué se puede esperar de un lugar que no está en el mapa.

Cada tanto el Gobierno de turno les promete comenzar a ayudarles, por fin, dándoles un sitio en el plano del país. Juran por Dios que les traerán una escuela o un acueducto: cualquier cosa de allá. Pero lo cierto es que nunca jamás va a pasar nada más que esto —sólo esto que es un poco mejor que el infierno— porque lo que mal comienza mal termina: los abuelos de Salomón y los abuelos de Hipólita y los abuelos de cien más descubrieron, a finales de los cuarenta, este lugar, un triángulo verde entre el verde que va desde el Chocó hasta Antioquia, escapándose como tantos liberales tolimenses y opitas a las brutales torturas lideradas por la Iglesia católica, pero la paz imaginaria de los desterrados y los fugitivos y los desertores les duró veintipico de años nomás.

De los cincuenta a los setenta, Belén del Chamí, que así le pusieron para hacerse pasar por chocoanos, por emberas, fue llenándose de perseguidos y de hostigados, de

16

algunos negros y de muchos blancos cansados de la vigilancia de los inquisidores, y sin embargo ese revoltijo de descastados consiguió convivir sin mayores arrebatos de violencia por obra y gracia —eso me dijeron— de la Iglesia Pentecostalista del Espíritu Santo. Y fueron los pastores de la Iglesia evangélica quienes les metieron en la cabeza a los belemitas, hartos de curas pájaros, la idea de que en ese delta verde no importaba el partido, ni importaba la raza, ni importaba el origen, sino solamente el espíritu, pero fueron los guerrilleros, que se tomaron el poblado en 1975, los enajenados que les disciplinaron los cuerpos.

Era mejor que los hombres sólo tuvieran una esposa y llevaran el pelo corto y llegaran a la casa antes de las diez. Era mejor que las mujeres sólo trabajaran en caso de emergencia y usaran falda hasta las rodillas y estuvieran en sus hogares por tarde a las cinco.

Y era lo principal que los hombres fueran hombres de verdad y las mujeres fueran mujeres de verdad. Y que se levantaran temprano a vender plátano y palma de aceite y níquel. Y que se fueran librando de la lobreguez del infierno obra por obra.

Podían seguir yendo a las ceremonias de los fines de semana —es más: debían ir— porque Dios dijo lo mismo que dijo el comunismo, pero antes tenían que jurarle lealtad al viejo Frente 99 tal como los pastores pentecostales se la habían jurado de rodillas.

Siguieron quince años de paz patrullada y fiscalizada: persona que saliera a deshoras, persona que se iba al río, al río Chamí, al río Muerto. Vino el imperio implacable e inclemente de la guerrilla, sí —y entonces no hubo alcaldes ni concejales ni agentes de la ley ni enviados del Gobierno: sólo camaradas y pastores en la lucha—, y los padres de Salomón y los padres de Hipólita envejecieron allí, y Salomón se casó con Hipólita allí, y en esa tierra pobre y empobrecida tuvieron los dos hijos que tuvieron, y se dieron una rutina sin bajezas y sin sobresaltos —aparte del lío con los vecinos malucos— hasta que al Bloque Fénix del desmemoriado comandante Triple Equis le dio por empezar «la reconquista del territorio de la patria»: en la cabecera del corregimiento pusieron una valla que decía «No hay imposibles sino falta de güevos» y volvió la guerra.

Pretendían despejar los pasadizos y los túneles de la droga, según se dice en los reportes de los historiadores, y aspiraban a pasar por ahí siempre que les viniera en gana, pero ellos repetían hasta creérselo que estaban devolviéndole la independencia a «esta bella nación».

Pronto el Bloque se quedó con todo: un año antes de su ajusticiamiento, «mataron al mudo Salomón…», ocurrió en las orillas de aquel manso y claro río Chamí —que entonces les dio por llamar el río Muerto— aquella «masacre de los compinches» o aquella «matanza de las manos» en la que fueron torturados y acribillados los negros y los blancos más fuertes del poblado, y a sus mujeres y sus niños les cortaron las manos izquierdas y las lanzaron a la corriente, por seguirles sirviendo a los guerrilleros de resguardo, de escondite. Luego, en la Plaza del Pan, que es la plaza central pero le dicen así porque en ella sólo hay tres panaderías y el enorme templo pentecostal y los cinco abarcos que no fueron talados, se entregó la ya famosa circular 00001, que no admitía duda:

BLOQUE FÉNIX
GRUPO DE LIMPIEZA
INFORMA:

A PARTIR DE HOY 20 DE ENERO DE 1991 Y EN LOS PROXIMOS 365 DIAS LEVANTAMOS EL TOQUE DE QUEDA COMUNISTA A BARES, DISCOTECAS, BILLARES Y PROSTIBULOS Y DEJAMOS EN LIBERTAD A MUJERES Y A HOMBRES PARA MOVERSEN POR DONDE REQUIRIESEN Y A PROSTITUTAS Y HOMOSEXUALES PARA LABORAR PERO AL IGUAL NO

**RESPONDEMOS A NINGUNA HORA DE LA MAÑANA NI MU-
CHO MENOS DE LA NOCHE POR PERSONAS QUE SE EN-
CUENTREN COLABORANDO TODAVIA CON GUERRILLE-
ROS APATRIDAS...!!!!!!!!!!**

COMUNIQUESE Y CUMPLACE...!!!!!!!!!!

Hipólita sí le dijo que se largaran de Belén porque a
Belén no le debían nada, que dejara la pendejada, que no se
les envalentonara a estos matones que van es cortando en
pedacitos al que se les plante, y él —más terco que heroico,
más trabajador que terco— sin embargo siguió haciéndoles los trasteos a todos porque qué más se iba a poner a
hacer si ese era su trabajo. Y estos pistoleros le advirtieron
dos veces que la tercera era la última, e incluso el capitán
Sarria, el agente de policía que le tenía ganas a su mujer, le
dijo «ojo», pero cómo él iba a decirle que no a su compadre Eliécer Chaparro: Eliécer quería dejar Belén hacía rato,
porque él sí que les había guardado la espalda a los guerrilleros y era cuestión de tiempo que lo delataran los traidores y los rencorosos, que no faltan, aunque ni siquiera para
los maltratados es fácil irse de su casa. Y, aunque Salomón
le ofreció mil veces sacarlo de allí en el furgón, sólo hasta la
mil y una le dijo que sí.

Se despidió de Hipólita en las escaleras del templo:
ella le dijo «hay que comprarles zapatos a los niños porque
la escuela va a quedarles más lejos...» y él sacudió la cabeza para decirle que sí, y ella le contestó «nos vemos más
tarde», y eso fue todo.

Doce, trece, catorce horas después estaba ella echán-
dole la culpa a su cadáver, que no era más que una pobre
carcasa ensangrentada, por haberse hecho matar como
cualquier conocido de cualquier conocido, como cualquier extraño: «¡Traicionero!», le gritaba porque el otro día
habían quedado en irse juntos, «¡faltón!». Su cadáver, cada

vez más frío y cada vez más tieso, temblaba porque el furgón temblaba con cada hendidura del camino. Tenía la mandíbula agarrotada y los ojos abiertos como aterrados por la mala noticia. Tenía un tiro en la frente, un tiro en el pecho y un tiro en el hombro: uno por cada huérfano y uno por la viuda. La sangre se le escapaba y se encostraba sobre los costales y los cartones del remolque, pero ya ni eso —ni siquiera heder— era señal de haber vivido.

Era el infierno que predijo el pastor hasta el agotamiento: que morir fuera sentir esa vergüenza por siempre y para siempre, verla maldiciendo su cadáver y su recuerdo de aquí a que ella muriera, y no poder echar atrás, vida hijueputa.

Hipólita, que solía sufrir por mucho menos, se tapaba la cara con las manos mugrientas, y se encorvaba, sentada en el piso de lata, porque apenas podía respirar y no se le ocurría cómo más recobrar el aliento: «Señor, llévame a mí también que yo no puedo sola». Nada más pasaba aparte de ese daño, de ese revés para siempre. Y le daba igual que el camión cojeara y diera pasos en falso por la orilla del camino, que les gritaran «¡Salomón!» desde las puertas de los cultivos de arroz y de las plantaciones de cacao y de los establos, que se quedaran atrás los misterios y las bestias de las veredas, que aullaran los perros mutilados a los que nadie les sabía los nombres. Y ella ya no se acordaba ni siquiera de quién estaba conduciendo, y era un viacrucis sin testigos y sin piedades.

Salomón podía ver a sus dos niños en la cabina, haciendo lo posible por llegar a Belén sin volcarse y repitiéndose lo que acababa de pasar y jurándose el uno al otro que no se quedarían en paz, pero él ya no podía prometerles nada: apenas podía temer por el desmadre que vendría.

Ya estaba muerto y estaba en el infierno. Ya qué. Ya sólo podía cerrar los ojos para no ver su cadáver baleado, desgarrado y yerto sobre los talegos y los cartones en el remolque del furgón. Ya sólo podía ponerse a pensar, en vez de ver, en vez de ser, por qué ese maldito tribunal fuera del mundo lo había condenado a ver a su hijo mayor repitiéndole a su hijo menor que aquí el que mandaba era él, por qué estaba obligado a ver a su hijo menor pidiéndole a su hijo mayor permiso para rezar. Maximiliano, el mayor, enterraba las uñas largas en el timón que olía a humo y a nicotina y se acercaba al parabrisas con el ceño fruncido y la mandíbula retraída para no conducir el pequeño camión hacia un despeñadero que pareciera una sombra más. Segundo, el menor, seguía órdenes acalambrado por el miedo y por el frío como un viejo: «Páseme la bayetilla», «alúceme el camino».

—Que no llore que no me deja pensar —le dijo el mayor al menor en la penúltima curva antes de la entrada a Belén del Chamí—: no se lo vuelvo a decir.

—Sí, sí, perdón —le respondió el menor al mayor volviendo piedra un papelito entre su puño.

—¿Qué tiene en la mano?

—Nada.

—Cuento hasta tres…

Se veían huérfanos. Estaban huérfanos. No sabían qué decir ni qué andaban diciendo. Tenían terror a todo: a la noche, al cadáver de su padre, al camino tembloroso, al día siguiente. Y sí, pobres los dos, empujados a la incertidumbre desde niños, pero pobre, sobre todo, el pobre Segundo: que temía a su hermano como a una pesadilla re-

21

currente —y cuando se quedaban solos, y su hermano se ponía de mal genio y le decía «lo voy a reventar si le cuenta a mi mamá que lo pateé…», sentía el pavor en el centro del centro de su estómago— y ahora no iba a tener a quién decirle «papá: pídale a Max que por favor no me haga nada…» y se pasaría la vida sintiéndose más solo y temiendo y pensando en las tardes en las que se sentaba a ver televisión con su padre.

Salomón siempre besó a sus hijos cuando ya estaban dormidos. Nunca les dijo «gracias» ni «lo quiero, Segundo» o «lo quiero, Max», porque no podía decir ni una palabra —y, ya que estamos en esto, tampoco se los escribió en la libreta que tenían en la mesa aquella—, pero Maximiliano se acostumbró así a que vivir no era decir las cosas sino hacerlas y Segundo se enseñó a sí mismo a reconocer y a engrandecer y a recibir los tímidos gestos de cariño de su padre: Salomón le daba unas palmaditas en las mejillas y se sentaba a ver televisión con él y en los comerciales le sonreía, y era mejor que una declaración de amor, y era más que suficiente, y era igual que cuando su mamá lo agarraba a besos y le decía «ay, mi muchachito», «ay, mi regalito del Señor», «ay, mi comeviejo». Su papá le sonreía y él dejaba de temer.

¿Qué les había dicho Salomón a sus hijos la última vez que los tocó? Qué les había dicho, Dios, que no lograban acordarse de sus palabras de mudo por más que lo intentaban.

Habían ido al templo de la plaza porque era el sábado de la ceremonia de todos: habían aplaudido y cantado con Las Jugas, la banda folclórica, que se lanzaba a cantar sus plegarias vallenatas, «te voy a echar un ojito / pa' que tú tengas consciencia / me he vuelto un despojito, ay, / ya no te tengo paciencia», con sus güiros y sus acordeones. Asintieron cuando el pastor Juvenal Becerra, que era obeso y negro y bufaba, repitió en su sermón eterno que el Apocalipsis no sólo estaba cerca, sino que había estado sucediendo desde hacía muchos años: «Atrás, Satanás». Almorzaron e hicieron la siesta en las hamacas del patio en el segundo toque. Y él se tuvo que salir al mediodía, en plena sesión de los milagros, porque había quedado de ayudar a su compadre en el trasteo.

El pastor Becerra llamó al frente a todos los enfermos de Belén del Chamí «porque llegó la hora de curarlos con estas manos que son la obra de Dios…», y los enfermos convulsionaron y berrearon y sollozaron con los rostros a tierra, y el pastor los felicitó por no haberse quitado la vida y por resistir y seguir resistiendo «pues déjenme decirles, porque lo sé de primera mano, que todos los suicidas luego se arrepienten».

Y él, Salomón, salió en pleno bororó un poco antes de que los ciegos volvieran a ver y los mutilados volvieran a caminar y siguiera la verbena.

Desde que la había cagado con su Hipólita, por puro atolondrado, por arrecho, sí, pero sobre todo por imbécil, no le servían de nada las palabras de los pastores: lo único que le servía era echarse neveras en la espalda y dormir poco y sudar y sangrar de tanto tropezarse con los muebles de los trasteos.

Dijo «sí, sí» a su esposa, que le recordó que había que comprarles zapatos a los niños, «sí, sí: ya sé» con las manos, en las estrechas escaleras del templo. Dijo a Max «adiós» y «nos vemos más tarde» y «ponga cuidado a lo que diga el pastor» con los puros gestos —ah, sí, fue eso lo que le dijo— antes de salir a la plaza. Escribió a Segundo, que tenía cara de regañado, una frase en la parte de atrás de un recibo que los hizo sonreír. «Pa' dónde va tan bregado», le preguntó la vecina, y él se encogió de hombros porque andaba embelesado con el olor a pan. «No vaya», le advirtió Polonia, la bruja de la silla de ruedas y el abanico, que ya sabía que él no iba a hacerle caso: «Mejor quédese», le gritó desde el quinto abarco de la plaza. Pero Salomón se fue a su furgón blanco, que había parqueado a dos calles de allí, a despejar el remolque y a ajustar los espejos. Todo se imaginó en ese preciso momento menos que lo fueran a matar esa misma noche: bajó por la calle de la Resurrección en busca de la casa de dos pisos donde estaba viviendo su compadre Eliécer, le dio a su amigo un abrazo de varones a la vista de la cuadra, y se pusieron a bajar juntos los muebles y los chiros, y no vieron nada raro.

No era mucho lo que Eliécer, que había escapado de Tumaco en el ochentipico, iba a llevarse al caserío al que se iba a vivir: bajaron una máquina de tejer que había sido de su abuela, un catre oxidado que fue de un puesto de salud de Quibdó, una bolsa de sus ropas viejas y una maleta con las otras cosas suyas, y ya.

—Yo debería quedarme aquí, compadre —le dijo apenas se subió al furgón—, ya qué, ya da lo mismo en qué pueblo me maten.

Salomón se hizo el que no había escuchado nada porque lo fraternal es ignorar las estupideces de los amigos. Vio en el espejo retrovisor que una gallada de mocosos estaba mirándolos. Escuchó un canto fúnebre —un alabao— en la ventana de la casa de al lado. Y un viejo gritó a un muchacho «te van a matar si sigues metiendo el pujo donde no te cabe». Y él siguió el camino y encendió el camión y agarró la vía verde y rota y abrupta hacia San Isidro, Antioquia, con la terquedad suya, con la testarudez con la que cometía los errores de su vida pero lo tenía tranquilo el resto de las veces. Su amigo, su pacha, iba a estar a salvo en ese pueblo que era una trinchera guerrillera. Métase usted en San Isidro a ver cómo le va.

No paró de ida ni paró de vuelta. Pasó por los calores de Mutatá, de Santa Teresa, de Dabeiba, con la mirada puesta en las orillas de árboles de hojas verdes y amarillas y en las montañas impenetrables del horizonte. Dejó de escucharle a su compadre las crónicas agotadoras por lo minuciosas de sus aventuras y sus conquistas sexuales —«yo es que soy un quebrador», «tenía el ñereje como la garganta: jojorojó»— cuando aparecieron las montañas polvorosas y los arbustos secos en la entrada de San Isidro. Buscó entre una neblina de cenizas la casa donde quedaba la pieza en la que iba a esconderse su amigo. No supo si los estaban mirando los habitantes del lugar porque no había sino vestigios en el aire. Cargaron la máquina de tejer, el catre, la maleta. Se tomaron un tinto y un buñuelo con el casero. Espantaron las gallinas con el pie.

Salomón se devolvió unos minutos antes de las ocho de la noche porque el polvo empezó a hacer figuras sobre la oscuridad.

—Ponga ojo, compa —le dijo su compadre en vez de «hasta luego»—: hágame ese favor personal.

No tuvo miedo en las tres horas de regreso. Sí un poco de tristeza, de desaliento que después cobró sentido. Se puso a recordar como entreteniendo la cabeza, como persuadiendo el miedo: cuando su papá se largó, cuando su mamá lo agarró a rejo porque en Belén del Chamí se comían vivos a los débiles y a los atembaos; cuando se cerró la escuela porque ya no había sino siete niños; cuando su Hipólita le dijo que ella se había dado cuenta de que sí lo quería, pero que dejara la arrechera. Recordó para dejar para después el presente. Y antes de llegar a la vereda metió en el radio el casete, que se lo había grabado la mujer en un arrebato de celos por la vecina, para no escuchar el aleteo de los murciélagos ni las risotadas de los televisores de las casas del camino.

Eran las 11:15 p.m. si mal no recuerda: póngale las 11:20. Sonaba «un grande nubarrón se alza en el ciclo / ya se aproxima una fuerte tormenta / ya llega la mujer que yo más quiero / por la que me desespero / y hasta pierdo la cabeza». Y no había brumas ni vapores que cubrieran a los tres, cuatro pistoleros que estaban esperándolo —venían caminando, quizás, desde la reja de púas de la casa de enfrente— para ajusticiarlo por soplón, «por sapo».

No escapó ni pataleó ni lloriqueó ni pidió clemencia. Siguió siendo él como si hubiera entendido que hasta ahí llegaba todo, como si, a pesar del pavor y la vergüenza que le daba morir por de malas y por terco, tuviera claro que el hombre hace bien en estar de acuerdo con su destino. Sirvió su propia muerte. Se bajó. Y acaso alcanzó a pensar, porque el resto eran el jadeo y el pecho atascado, que los encapuchados tenían era un par de tizones que resultaron ser un par de fusiles. Se desquició. Se desgonzó. Se fue al caldero apretujado y pantanoso del infierno y algo se movió entre ese baúl lleno de mierda y arañas y volvió antes de completar la eternidad a ver su cadáver como quien ve en el piso de la pieza la ropa de ayer.

Sus vecinos, la mala de Trinidad y el envidioso de Modesto, espiaban la escena escondidos detrás de las cortinas que apenas cubrían las ventanas: seguro que les dieron café a sus verdugos, traidores, bujones, seguro que les daba alegría verlo hecho un bulto.

Su esposa maldijo su suerte de bestia pero sólo se le entendió que estaba maldiciendo: que estaba sintiendo que la muerta era ella. Sus dos hijos, que no movían un dedo sin preguntarle a él si así era que había que hacerlo, se vieron cargándolo a la casa, al piso de la entrada, al furgón. Maximiliano, el de pelo crespo, condujo el camión como él le había enseñado: ojo al espejo, ojo. Segundo, el de pelo liso, hizo todo lo que se le dijo —y rezó entre dientes y recordó al pastor Becerra gritándoles que el Apocalipsis no era una mala hora, sino un infierno con cuentagotas, un huracán que se va volviendo rutina, una sucesión de matanzas y malos sueños y avalanchas que no perseguían la rendición del pueblo: para qué empezar de nuevo si nada va a salir mejor que antes— hasta que tuvieron enfrente la plaza desierta de Belén del Chamí.

Sólo quedaban un par de borrachos en la plaza. Seguía oliendo a pan, que así huele Belén pase lo que pase, muérase quien se muera, pero el olor daba coraje, daba rabia: el hambre de un hijo es deshonra el día en el que matan a su padre.

Si uno ve Belén del Chamí desde la montaña, que así lo ve uno cuando es un espanto o cuando tiene que correr de afán al monte, parece como si sus setecientas veintisiete casas entejadas fueran un río lleno de basura que se va ensanchando pero no llega nunca al mar, un río que no se va a morir porque es un río muerto. De día se ven las cabezas de los árboles y parece que la naturaleza se abriera paso entre las grietas. De noche se escuchan las noticias de las radios y las últimas carcajadas y los motores de las motos que se han vuelto una plaga desde que el lugar cambió de dueños. De madrugada aletean los murciélagos y las lechuzas blancas, tacatá, tacatá, tacatá, y da miedo y da frío si uno es de aquellos que aún quieren vivir.

¿Y qué tal que ese crujido sea el duende? ¿Y qué tal que ese viento del monte sea una carrera del Mohán? ¿Y qué tal que ese gruñido a la vuelta de la esquina sea la Llorona o la Patasola o la Madremonte?

¿Y no es cierto que un demonio tiene que ser el puro mal en un pueblo que vive acostumbrado a que se lo tomen sus asesinos?

Los dos huérfanos y la viuda de Salomón Palacios llegaron al pueblo a las tres de la madrugada: 3:15 a.m. quizás. Dejaron el furgón mal parqueado —por poco chocan con el poste de la luz lleno de afiches viejos y alcanzaron a subirse un poco en el andén y un par de borrachos rendidos se atragantaron con sus ronquidos y levantaron las cabezas— frente a las escaleras del templo. Caminaron en fila india y de puntillas, tres vagabundos mudos junto al muro de canastas de gaseosa de la distribuidora, junto a la cancha de basquetbol del parque de los helechos, junto al autoservicio en el que trabajaba Hipólita, por los andenes quebrados y mal pintados de colores y llevados por el putas.

Golpearon como tres posesos la puerta de la casa del negro Severo Caicedo, el enterrador, que era un esqueleto giboso de barriga abombada. Siguieron golpeando con los puños porque el Cajulo, que así le decían por venir del monte, había mandado a quitar el timbre para que no lo despertaran a esas horas y había puesto un letrero a mano que decía «recuerde que yo no soy un profesional de la salud sino un empresario funerario: ya no hay afán». Por poco no sale. Gritó desde el segundo piso «dejen dormir, ay, hombre» más pesaroso que rabioso. Pero cuando oyó los gritos de los niños, «¡Cajulo!, ¡Cajulo!», sintió escalofríos, y se puso los calzoncillos para ver de quién era la tragedia.

—Chito —les susurró desde el balcón de madera pintado de azul apenas entendió quiénes eran—: ya bajo a ver.

Sintió a Salomón, el espanto mudo, pisándole los talones por las escaleras: eso le dijo a una vecina que después me lo dijo a mí. Se tropezó en el último escalón por mirar por encima del hombro a ver si venía el diablo, pero sólo se le cayó la Virgencita de la mesa de la entrada. Abrió la puerta. Abrió los brazos para que los niños supieran lo mucho que lo sentía: «Señor Dios…». Repitió «entren, entren» incluso adentro de la casa. Se secó el sudor de las manos, que le sudaban más que a todos los seres humanos, con los muslos pelados. Pidió a los tres que se sentaran en el sofá. Comenzó un par de frases hasta que supo preguntarles «¿cómo fue?». Y él, el mudo, no sabe si fue él, pero lo cierto es que sintió su peor ira y se apagó la luz: «¡Señor Dios…!».

—Unos matones le dispararon en la entrada de la casa —respondió su hijo mayor con los ojos cerrados en la oscuridad.

—¿Cuántos eran? —preguntó Severo Caicedo, el enterrador, que era el hijo y el nieto del enterrador, asomándose por la ventana a ver si los malandros andaban allá afuera.

—Es que no vimos nada —contestó, cabizbaja y aturdida, su mujer, su Hipólita—, pero los vecinos seguro que sí.

—Yo sí le dije que dejara de servirle a todo el mundo —dijo Caicedo sentándose en el brazo del sofá—, pero como ustedes los blancos no oyen… pero como él no parecía mudo, sino sordo…

—Es un traidor, Cajulo —corrigió Hipólita al sepulturero y levantó su cara angulosa y finísima—: habíamos jurado que el primero que se moría se llevaba al otro.

Caicedo se miró el reloj, que se había quedado de un cadáver que nadie reclamó, a ver qué se podía hacer a esas alturas de la madrugada: faltaban diez minutos para las cuatro, pero, como estaba empezando a llover, como desde hacía unos días era lo común que diluviara al amanecer, quizás aún estaban a tiempo de enterrarlo sin que nadie se diera cuenta: Salomón Palacios, el trasteador, el mudo, era primero que todo un hombre bueno —les dijo duro y claro—, y sin embargo ni la gente del Bloque Fénix ni la gente del Frente 99 ni la gente de la policía ni la gente del ejército ni la gente del templo confiaban en él porque cometió el error de ser un hombre bueno hasta con los peores hijos de puta.

—Yo le doy sagrada sepultura, pero ya —les susurró Caicedo—: ya mismo.

—¿Pero no podemos llamar al pastor?

—No: a nadie.

Nadie podía verlo si quería seguir viviendo. Nadie era de fiar. El sábado, en la ceremonia del templo, era una tregua: la Plaza del Pan se llenaba de yipaos y de camperos con los parlantes en el techo, «quisiera ser como un alma penando / que vuelve al fin recogiendo sus pasos / si yo pudiera morirme cantando / pero es mejor recordar el pasado», y salían sucreños y chilapos y paisas y chocoanos con sus sombreros vueltiaos y sus botas pantaneras y sus camisetas de marca, y los vaqueros madereros y los vaqueros ganaderos y los vaqueros caucheros parecían amigos. Pero el domingo todo el pueblo volvía a odiarse a muerte, a vigilarse. Y la fiesta del fin del mundo era remplazada por la resaca del mundo que jamás se va a acabar.

—¿Dónde está su papá? —les preguntó a los dos niños.

—En el furgón allá en la plaza —confesó el hijo menor.

—¿Y alguien los vio?

Quién podía saberlo. Quizás alguna ventana se había encendido a sus espaldas. Quizás algún borracho se había preguntado si ese no era el camioncito del mudo. Él, que iba detrás de su familia como un alma en pena a la que nadie le temía, sólo había visto luciérnagas y polillas y mariposas negras en el camino. Y a esa hora del pasado, a las cuatro y pico de la mañana, se limitó a seguir al sepulturero de su cuerpo —que se habían entendido cuando él estaba vivo, «buenos días, Salomón…», pero ni amigos ni enemigos habían sido— para que por lo que más quisiera en la vida le hiciera el favor de cuidarle a su familia en la calma chicha de la madrugada.

Severo Caicedo se puso una camisa blancuzca, unos pantalones de paño y unos zapatos de cuero como si estuviera huyendo de allí. Llenó una bolsa de ropa «por si cualquier cosa». Señaló la salida de su casa. Cerró la puerta con doble seguro. Dijo «vamos, vamos», «sigan, sigan», entre los pocos dientes, hasta que estuvieron en marcha por lo que quedaba de la acera de enfrente. Se le vio resignado a la muerte y temeroso también: «En el nombre del Padre, del Hijo y del Espíritu Santo…». Siguió a los dos niños, que iban juntos, hasta la plaza taciturna de su pueblo. Quiso calmar a Hipólita, que iba como una loca por la calle diciéndose a sí misma que no, pero, como no podía, prefirió llegar pronto al furgón.

—Perra vida —se dijo, y se lo escucharon los tres, cuando vio que uno de los borrachos se sentaba en el piso a ver qué era lo que estaba pasando.

30

—¿Quién es? —preguntó Hipólita.

—El borracho atembao del puesto de salud: el Cosme —susurró el enterrador.

Y Severo les pidió que se fueran atrás, en el remolque resbaloso, por si pasaba cualquier cosa de ahí hasta el cementerio. Y trató de arrancar el camión y no arrancaba y no arrancaba —y quién iba a empujar si él iba a estar muerto de aquí en adelante— porque le habían dejado las luces encendidas. Salomón no cree que haya sido su angustia, pero lo cierto es que le rogó al Señor que les diera tregua a sus tres mientras lo enterraban y ahí mismo corcoveó el camión. Y cruzaron y subieron Belén del Chamí, y seguro que despertaron a los intranquilos, para agarrar el camino estrecho y escabroso y salvaje que va de allí hasta el cementerio de Nuestra Señora de Fátima.

—¿Por qué tenemos que enterrar a mi papá a escondidas? —preguntó Segundo a Hipólita allá atrás en el remolque.

—Porque él no nos dejó a nadie que nos defienda —explicó, dolido, Maximiliano.

Hipólita levantó la sábana y destapó la cara del cadáver y le vio al cuerpo de su Salomón la misma angustia que el espanto de Salomón trataba de dejar atrás en vano —porque cómo: si ya no tenía estómago que se volviera mierda ni tenía corazón que se parara— mientras saltaban de la carretera destapada a la carretera pavimentada. Hipólita le preguntó al muerto cómo les había pasado eso y por qué no se habían ido de allí y por qué no había dejado el cigarrillo y de qué habían servido esas calzas. Y le peinó la cabeza de calvo prematuro y le dio un beso en la frente de viejo y le volvió a cerrar los ojos ambarinos y le pasó un dedo por la narizota y le apretó la mandíbula y la barbilla partida para que no se fuera aterrado de este mundo. Y les dijo a sus hijos, «Max», «Segundo», que le dijeran todo lo que lo querían porque ya no iban a verlo más.

Y los niños se le acercaron, tímidos y temblorosos, como si hubieran recordado que no eran sino un par de niños.

—Hasta mañana —le dijo Segundo.

—Adiós —le dijo Max.

Y se le echaron encima a llorarle sobre el pecho como si no fuera ahora un cuerpo pálido y violeta, unos restos sorprendidos y destrozados.

Su madre les pidió que lloraran todo lo que tuvieran que llorar porque nadie podía verlos así en Belén del Chamí. Pero él, el fantasma de Salomón, trató de hacerse oír, de rogarles piedad, de exigirles que se fueran ya de ese nido de ratas. «¡Váyanse ya, Hipólita, que van a matarlos por su culpa!», gritó, pero su grito era un pensamiento nomás, y la frustración y la impotencia lo enfurecían más y más y para nada. «¡Salgan de ahí!, ¡boten el cuerpo al río Muerto y salgan!, ¡sigan derecho por allí!, ¡no vuelvan a la casa por ropa ni por comida ni por agua que nadie va a ayudarlos de aquí a San Isidro!, ¡ayúdame, Señor, Satán, quien sea que seas: ayúdame a que alguien les diga que yo les digo que se larguen!».

Vibraron las latas del furgón. Temblaron las luces vaporosas allá adelante en el camino. Pero Salomón, el espectro, no podía creer que esas sacudidas fueran por culpa de su desengaño, de su despecho. Y lo único que lo aliviaba, en ese punto de su muerte, era la imagen de la larga malla de hierro del cementerio que se empezaba a ver al fondo.

32

El furgón se detuvo en la otra orilla, junto a la cerca de púas de una finca ganadera, entre una hilera de árboles que iba a dar a la estación del ejército que sólo tenía un soldado. Severo Caicedo, el enterrador desmañado que lo conducía, bajó solo, miró a ambos lados de la carretera antes de cruzarla, llegó a las rejas verdosas de la entrada del cementerio, abrió el candado que las cerraba con una llave que se sacó del bolsillo de atrás del pantalón y volvió al camión de puntillas y santiguándose. El cielo estaba cerrado a esa hora, en ese paraje al que nadie llegaba en sano juicio, por las trenzas de nubarrones. Empezaba a llover. Cada vez que Caicedo miraba arriba, y abría la palma de la mano a ver si sí llovía, caía una gotita junto a sus pies.

Caicedo regresó al camión, seguro, ahora, de su propia muerte. Condujo por la trocha del camposanto —y el furgón tambaleó en un par de curvas— hasta un rincón que sólo él y los espantos conocían: el rincón de las palas. Abrió la puerta del remolque para que Maximiliano, Segundo e Hipólita lo siguieran hasta unos arbustos venenosos que ningún sepulturero se había atrevido a tocar: «Vengan, vengan». Sacó de una pequeña caseta de lata un par de palas para que le ayudaran. Se secó el sudor de las manos con los muslos del pantalón de paño. Dijo «aquí es». Dijo «aquí no viene nadie». Pero no les respondió por qué el cuerpo de su Salomón iba a quedar tan lejos de los demás cadáveres porque dejó de escucharlos mientras cavaban antes de que se cayera la tormenta: uno, dos, uno, dos.

Cuando estuvo lista la fosa, que el piso resultó ser un amasijo de cal y de arena y de chizas y de ciempiés, el enterrador fue hasta el furgón, se echó al hombro el cadáver del mudo Salomón Palacios envuelto en las sábanas ensangrentadas y lo puso como pudo en el pasto antes de empujarlo a su fin y antes de echarle encima paladas de tierra y más tierra bajo una llovizna traicionera que le empapaba la espalda de la camisa. Salomón se quedó viendo cómo su cadáver iba volviéndose un montículo de hierba, y lo hizo con nostalgia, con ganas de llorar pero sin ojos para hacerlo, con ganas de pedirle perdón al Señor por haberle hecho eso al cuerpo que le había dado.

Y, cuando su cuerpo abaleado y contraído desapareció por siempre y para siempre, fue como si a él se lo tragara la noche.

—Esta mata va a ser la lápida —les dijo el enterrador en vez de advertirles que no le contaran a nadie lo que acababan de hacer—: ¿alguien quiere decir algotra cosa?

—Que ojalá que sepa todo lo que lo quisimos —dijo Hipólita mirando al bulto de hierba.

—Gracias por todo —balbuceó Segundo, apretando entre el puño el papelito que su padre le había dejado, cuando notó que lo estaban mirando, pero luego no fue capaz de contener el llanto.

—Vámonos a la casa —agregó Maximiliano exasperado—: nos vamos a mojar.

Y la llovizna fue volviéndose un aguacero y el aguacero amenazó con terminar siendo otra tormenta de enero. Y él, el apenado y avergonzado espanto de Salomón, se enceguecía y se volvió un zumbido, un ronroneo que sólo escuchaban los murciélagos. Y fue como si también su espíritu hubiera quedado sepultado, pero hubiera atravesado el submundo o la negrura del tiempo —y se sintió cayéndose hacia delante, y rozándose con los gritos y los jadeos y las plegarias y las palabras sueltas de otros entre sueños, y cruzándose con los rumores y los murmullos y los silbidos— hasta que le preguntó «¿qué?», «¿qué?», «¿qué?», una voz ronca de mujer que le pareció conocida, y entonces una lamparita de gas se encendió en una mesa de noche y vio que estaba en una habitación plagada de figuras de la Virgen.

No era una pieza grande, sino apenas una cueva de esquinas redondas, pero, a pesar de la colección fatigosa de vírgenes, estaba llena también de fotografías, de artesanías, de cajitas y de barajas puestas en una serie de repisas improvisadas con tablones. El televisor estaba encendido en las barras de colores. Olía a incienso y a tabaco. Y en la mesa de noche un pequeño ventilador de pilas se había quedado quieto —y un abanico andaba recogido a sus pies— porque la tormenta había helado las paredes y las chapas de los dos cuartos de la casa. Y había obligado a la señora de la voz áspera, a la señora Polonia, a ponerse una cobija como una ruana. Y a acostarse en posición fetal en la litera que había estado ahí desde antes de que ella se pasara a vivir a esa casa.

—¿Salomón? —le preguntó sentándose en el borde del camastro enfrente de su silla de ruedas.

Y él se fue contra la pared de las vírgenes, y las tumbó igual que un temblor, porque no supo cómo responderle que sí. Y sobre las palabras de la bruja, «¿usted qué hace acá?», «¿se murió?», «¿lo mataron?», «¿quién?», «¿qué?», se puso a contar que su familia lo había sepultado a escondidas en un pastizal en el cementerio de Nuestra Señora de Fátima, y que lo habían enterrado a escondidas porque una recua de malparidos encapuchados lo habían matado a quemarropa que dizque por sapo, y que lo habían matado a quemarropa que dizque por sapo por haberle hecho el trasteo a su compadre Eliécer, pero que a él lo único que le importaba era dejarles dicho a sus hijos que siempre iban a tenerlo y pedirle perdón a su mujer por no haber seguido viviendo.

Quería darle las gracias a Hipólita por haberlo llenado de nervios y de angustias, por andar por el pueblo diciendo verdades e insultando a los matones, por vencer su parquedad y su silencio y ponerlo a escribir en la libreta, por cantar tan duro y reír tan duro y contar los capítulos de las telenovelas mejor que las telenovelas, por ponerse brava cuando alguien se le comía los plátanos maduros y saberlo todo y sumarlo todo sin perder el hilo, por decirle qué tenía que hacer y cómo y a qué hora, por amanecer enamorada o histérica o sombría. Quería pedirle perdón por haberle puesto los cuernos con la vecina cuando le empezaron las ganas de morirse: podía jurar que le había dado lo mismo, que había sido como ensuciarse, si acaso, porque él sólo la había querido a ella.

Tenía que decírselo —tenía que hacérselo escuchar como fuera— porque no podía haber nada más definitivo ni nada más irreversible que la declaración de un espanto, de un muerto. Pero cómo iba a hacer para pedirle perdón, y para rogarle castigo, y para evitarle el desmadre que vendría, si él ni siquiera había hablado desde niño.

Polonia le dijo al espanto de Salomón que se fuera ya, que tratara de descansar allá en el otro mundo, que no penara más porque sus hijos y su esposa estaban viviendo la vida que tenían que vivir. Polonia le dijo al pobre «váyase, Salomón, que esto ya es problema nuestro», «déjenos lidiar al diablo de acá, mudo, que usted aquí da escalofríos», pero él lo único que hizo fue quedarse quieto debajo de la cama, como permitiendo el amanecer, semejante a un zancudo que acaba de picar a su víctima. Y la bruja, que de vez en cuando escuchaba los secretos y los lamentos de los muertos, le dijo «váyase aliviado, amigo, que yo voy hasta su casa a decírselos». Y trató de dormir, la pobre, que andaba en silla de ruedas porque los espíritus no la dejaban conciliar el sueño y el cansancio la agarraba del cuello.

De cierto modo, era la primera vez que alguien escuchaba a Salomón. Su lenguaje de señas y de muecas, que era un lenguaje sólo suyo, le había servido bien en sus cuarentipico años de vida: cuarenta y dos cumplió unos días antes de su muerte. Sus clientes simplemente le decían de dónde a dónde tenía que llevar las mudanzas y le daban las gracias y vaya con Dios. Escribir en las libretas amarillas de la mesita junto a la puerta, que en la familia habían llenado varias en estos últimos años, había sido vital para explicar un par de gestos. Y, después de trece y doce y ocho años de estar juntos, solía entenderse con los tres de su familia como si hablara, como si se mandaran palabras de una cabeza a la otra. Pero la bruja le había oído alguna voz.

Polonia se vistió en el baño. Se puso una mantilla negra de flores rojas para que sólo ella supiera que estaba guardando luto. Tomó su silla de ruedas, que ahora la ponía junto a la cama para que no se la volvieran a robar «los cabroncitos», y la empujó hasta la salida y hasta la carretera y luego se subió a ella para agarrar el camino hacia la casa que fue del mudo Salomón. Hacía menos frío porque había dejado de llover. El sol del amanecer estaba detrás de las nubes como detrás de un manto. El murmullo del espectro era lo único que se escuchaba cuando se callaban los pájaros. Y ella iba tragándose el vaho helado, e iba empujándose a sí misma en la silla, rodeada de las montañas y de los árboles y de la paz de la lejanía y de los lugares vacíos.

—Ni Dios ni la Virgen dirían a estas horas que aquí están matando a todo el mundo, ¿no? —le dijo al espanto.

Y siguió y siguió con los brazos cansados, e hizo pequeñas venias cada vez que se cruzó con un campero o con una moto que le pitaron los buenos días, hasta que tuvo en frente la casa del alma en pena. Si esos hijueputas la fueran a matar, se dijo en voz alta, ya alguna voz le habría dicho «Polonia: salga corriendo» y ya habría leído en alguna parte la noticia y ya le habrían pegado un tiro aquí. Y sin embargo sentía miedo y pedía a la Virgen que se apiadara de ella y que si era su momento de morir la dejara quedarse allá en el otro mundo: ¿por qué Dios había castigado a Salomón, como a su peor hijo, forzándolo a quedarse allí?, ¿por qué, si ya le había concedido la muerte, había obligado a un hombre bueno a ser testigo de la tragedia de su mujer y a gritarles en vano a sus dos hijos?

Polonia se bajó de la silla y la empujó en el potrero junto a la casa del muerto. Se dio cuenta de que los vecinos la estaban espiando, sí, porque no era el espanto ni era el frío lo que estaba sintiendo en la nuca. Caminó hasta la puerta de la casa resignada a lo que iba a pasarle. Golpeó. Golpeó de nuevo. Se asomó por las ventanas como si no tuvieran cortinas. Puso el oído en la entrada a ver si estaban escondiéndosele a ella, escondiéndosele a la bruja.

Se sentó en la silla de ruedas a esperar. Esperó, sin paz, sin salida, diez, veinte, treinta, cuarenta, cincuenta minutos. Habría seguido esperando, creo yo, si los vecinos no hubieran salido de su casa —él, el nervioso Modesto, carraspeaba y se frotaba las narices con la palma de la mano, y ella, Trinidad, la miraba fijamente con un lápiz en la mano— a decirle que «los tres huérfanos de Palacios» habían llegado hacía un par de horas, pero que ellos dos, de ser ella, le dejarían una nota debajo de la puerta: «Fue que anoche mataron a Salomón», «fue que ella se puso a gritar como una loca apenas entraron a la casa», «fue que hasta hace poco se callaron», dijeron.

Y Polonia, que no sintió que la estuvieran ayudando, sino metiéndose en lo suyo para contarlo luego, dijo que ella mejor volvía más tarde.

Y se subió a su silla y se fue yendo con la sensación de que no era una buena idea darle la espalda a ese lugar.

Hipólita les dijo «ni una palabra». Luego sintió que tenía que agregar una cosa más: «Silencio». Después les advirtió con el dedo índice: «¡Quietos!». Esperó un par de minutos para explicarles qué estaba pasando: «Desde hoy no vamos a volver a confiar en nadie», les dijo, «mataron a su papá porque pueden matar a cualquiera». Y les dio la orden de no salir de su pieza, que olía a cigarrillo porque el mudo fue incapaz de dejar de fumar, hasta que fuera otra vez de noche. En la sala que se volvía el comedor, que parecían lugares huérfanos pero también lugares imperturbables, seguían las manchas de sangre, las botas de caucho que él estaba poniéndose entre los charcos de enero y una grabadora roja de juguete que seguían usando para oír las noticias. En la cocina estaba la olla del arroz de anoche. Y los platos y los vasos sucios. Y las puertas de las estanterías abiertas de par en par.

Pero todas las cosas iban a quedarse en donde estaban, como estaban, hasta que a los tres les llegara la noche.

Hipólita convirtió lo que estaba pensando, que era un fárrago de recuerdos con temores con reacciones con sospechas, en un monólogo que se fue volviendo un sonidito.

«Yo me pasé toda la vida diciéndole que nos fuéramos de acá», «vámonos de aquí mañana, Salomón, vámonos a cualquier sitio que no se parezca a esto», «yo le dije que no perdiera su tiempo en caritas de arrepentido porque yo sí que no le creía que hubiera dejado de fumar», «mi suegra me dijo "se ganó el cielo, niña, un marido mudo", pero el mejor de sus hijos es el único que se ha hecho matar», «yo tenía catorce cuando a su papá le dio por pedirme a mi papá, pero él, que me tenía de favorita y creía que lo iban a matar por lo que había hecho mi abuelo, sólo le dijo "quédesela pero sólo si ella quiere" tres años después», «yo me dediqué a hablar y a hablar porque ustedes dos además me salieron de pocas palabras», «yo sí le voy a pedir que no me la juegue con otra», «yo me dolí cuando mis papás murieron pero esto es peor», «yo no sé qué vamos a hacer ahora, yo no sé si mandarlos a ustedes a Medellín donde mis primos, yo no sé».

Salomón se quedó allí, mientras la tarde empezaba a gruñir y a grillar, escuchándole el soliloquio como el castigo que se merecía.

Y la oyó quejarse de su terquedad y de su parquedad, y la vio contándoles a los niños cómo a ella le había tocado enseñarle las ganas de vivir «porque si no quién más iba a aluzarlo», y la sintió furiosa otra vez por haberle puesto los cuernos con la vecina «porque dentro de poco ya verán ustedes que hasta los hombres mudos se dejan enredar por el toto», pero luego, cuando empezaba a hacerse noche y empezaba a notarse que los espantos no duermen, Salomón notó que su mujer le daba las gracias por no haberla golpeado, por no haberla dañado, por no haberla estropeado, dijo, pues no sólo le hacían falta la voluntad que tienen los malos y el orgullo que tienen los malucos, sino que sólo a ella le había escrito que no tenía a nadie más.

—Su papá era bueno —declaró, con los ojos abiertos, en la oscuridad de la pieza—: ya no quedaba sino él.

Y se soltó a llorar como si el espanto fuera ella, y Maximiliano le dijo «ya, la mamá, ya: llore si quiere», y Segundo se contagió y se puso a gemir pero trató de contenerse porque quién sabe qué le iba a decir después su hermano, y él, Salomón, se sintió un secreteo que nadie iba a oír entre el llanto de su mujer y el silbo de la noche, y quizás fue su propia frustración ante su fiasco lo que encendió la radio en un programa sobre cómo habían escrito las leyes colombianas otra vez —y cómo habían organizado unas votaciones a ver quiénes armaban la nueva Constitución del país—, pero lo único seguro fue el lamento estrangulado de Hipólita, e Hipólita era más fuerte que todos y más generosa que todos y verla sollozar era verla siendo otra.

Fue a las ocho de la noche de ese domingo cuando Segundo fue por un poco del arroz con pescado que había sobrado de anoche. Hipólita se acostó en posición fetal, en su lado de la cama, a soportar el dolor que estaba encogiéndola. Maximiliano le soltó la mano a su madre y abrió el cajón de la mesita para reunir las monedas que su padre dejaba allí todos los días antes de irse a dormir y le dijo a su hermano «vaya a la cocina y traiga algo de comer». Segundo atravesó la oscuridad del pequeño corredor en donde estaba el baño —y el baño tenía una toalla en el piso rugoso porque estaba escapándoseles el agua cuando se bañaban— y a tientas encontró la olla del arroz sobre el fogón y agarró tres cucharas y tres platos y volvió sin caer en la tentación de espiar por la ventana.

Qué miedo le daba voltearse. Qué susto los espantos que se vienen por detrás.

Hipólita no quiso comer ni al tercer intento: «Pa' qué». Segundo se tragó un par de cucharadas con un par de pedazos de pescado como tragándose un remedio inútil. Pero Maximiliano sí se comió su parte, sin remordimientos de viejos, mientras terminaba de contar los billetes en las billeteras y las monedas de la mesita de su padre: había un poco más de diez mil pesos en monedas de uno, de dos, de cinco, de diez, de veinte, de cincuenta, que tendrían que guardarse para cuando se les acabara la comida de las alacenas. Se veía triste, el pobre de Max, porque fijaba la mirada quién sabe dónde. Claro que su papá iba a hacerle falta hasta su propia muerte e iba a dolerle cada año más el recuerdo de los días en los que se quedaba dormido en su hombro, pero desde muy niño había estado repitiéndose «son cosas de la vida». Y lo creía.

Max esperó, como un viejo paciente, a que su madre se quedara dormida. Y, cuando escuchó que ella roncaba, con la mirada le ordenó a su hermanito que se fueran a su propio cuarto a hablar un par de cosas.

—Tenemos setenta y cinco mil pesos en total —le dijo a su hermano, a Segundo, tranquilizándolo un poco—: yo creo que, si no gastamos en raspados, nos alcanzan para un par de meses.

—¿Pero la mamá no va a volver a trabajar?

—Yo no creo que pueda, pastorcito, yo creo que de aquí en adelante estamos solos usted y yo.

—¿Y qué vamos a hacer después?

—Pedirles a los señores del mercado que le paguen a la mamá lo que le estén debiendo.

—¿Y después?

—Vender el camión para vivir un mes más.

—¿Y después?

—Quién sabe, pero antes y durante y después —agregó para ponerle los puntos sobre las íes— vamos a averiguar quiénes mataron al papá. Y vamos a perseguirlos como un par de espantos hasta que tengan tanto pero tanto miedo que al final prefieran morirse. Y vamos a pegarles un par de pepazos al par de hijueputas porque nos van a rogar que lo hagamos: «Por matones...». Y nos vamos a ir de aquí apenas podamos. Y vamos a cuidar a la mamá en Bogotá en una pensión limpia para mujeres nerviosas. Y yo me voy a meter a trabajar en alguna compañía de trasteos. Y usted va a seguir estudiando para que luego seamos dueños de nuestra propia empresa. Y todo va a salir así como se lo estoy diciendo porque para eso es que usted se la pasa rezando, pastorcito.

Segundo dijo que sí a todo: qué más podía hacer. Se sentó en su colchón y se puso a ver el afiche desteñido de Pelé a punto de hacer una chilena, que era, con su crucifijo, el único adorno del pequeño cuarto. Y sólo salió de su trance cuando escuchó «y ahora duérmase, Segundo».

En la madrugada dejó de hacerse el dormido porque no podía ser que lo único que le quedara en la vida fuera su amado, idolatrado, temido hermano Max. Preguntó «¿el papá está ahí?», a media voz para que su hermano mayor no se despertara, porque sintió a su papá sentado en los pies del catre, pero no entendió la respuesta de Salomón ni trató de entenderla. Sacó de debajo del colchón y leyó el papelito secreto que le había dado su padre. Se levantó en cámara lenta como el hombre nuclear: tacatá, tacatá, tacatá. Se fue de puntillas a la pieza de sus papás. Se acordó, cuando abrió la puerta chirriadora, de un letrero que Salomón había dejado en la libreta amarilla: «Comprar aceite 3 en 1». Se subió a la cama y se acercó a su mamá y la llamó una y otra vez por el hombro como si le estuviera pidiendo que no lo dejara solo: «Madre...», «mamita...», «mamá...».

—¿Qué pasó? —le dijo Hipólita de pronto, como volviendo de la muerte, ahogada por el miedo—: ¿qué pasa?

—Nada —le respondió Segundo—: quería ver si estaba bien.

—Estaba soñando que su papá me decía que estaba vivo con una voz que le habían prestado.

Segundo se sentó en la cama al lado de su mamá, como un niño indio, porque era el único alivio que se le ocurría. Se quedó esperando algo que no supo qué, con su papelito secreto hecho una piedra entre el puño, e Hipólita se quedó haciéndose la dormida a ver si el Señor le concedía quedarse dormida para siempre. Y de vez en cuando ella, la madre, dejó escapar como si fuera cualquier frase la confesión «yo lo que quiero es morirme» o «yo ya estoy muy cansada de vivir». Y de vez en cuando él, el hijo, se puso a consolarla y le dijo «no diga eso» y lloró cuando la oyó llorar porque dígame cómo más la acompañaba. Y así, entre esa oscuridad que iba aguándose, se fue pasando la madrugada hasta que ella le preguntó a él «¿y si yo me mato?». Y él se demoró en responderle porque dudó un rato de lo que había oído.

—Pero el pastor ayer dijo que todos los suicidas se arrepienten —le contestó en voz baja.

—Se quedan aquí condenados: eso dijo —recordó ella sin siquiera abrir los ojos—, pero yo no voy a ser capaz sino de morirme.

—Yo le prometo que yo no vuelvo a portarme mal.

—¿Y si usted me mata? —reaccionó por fin Hipólita, como dando, de la nada, con la solución, ya que su hijo quería ayudar—: máteme, Segundo, pégueme un tiro o lo que sea.

Fueron del silencio que sigue después de ciertos errores a un abrazo incómodo que era lo único que les quedaba: «Yo no sé ni qué estoy diciendo, pastorcito, perdóneme la locura». Pararon un rato. Hicieron un silencio que dio pena. Descansaron, pero no durmieron más, durante una hora larga. Ella tenía revueltas las imágenes: el día del sexo, el día del parto, el día de la boda, el día del cadáver. Él le pedía a Dios, con la boca cerrada, que nadie más muriera, pero pensaba «para qué sigo yo rezando si no sirve de a mucho». Y al final, cuando empezaron a aullar las bestias y los insectos del amanecer y su mamá se quedó por fin dormida, sintió algo semejante a una tregua y quiso que durara, y entonces la voz y la sombra de su hermano le dijeron «¿usted qué hace ahí?».

Se bajó de la cama. Y regresar a su rincón de la pieza fue regresar al rincón del pavor y de la rabia.

Hipólita se quedó encerrada en la pieza, como acorralándose y enfermándose y matándose de a pocos, hasta el sábado 29 de febrero. Dijo pocas palabras ese mes: «Yo ya me quiero morir», «perdónenme por no servirles para nada», «váyanse de aquí», «gracias». Tomó caldos de papa que le hizo su hijo mayor, nomás que caldos y galletas de sal, porque su estómago no soportaba sino eso. No quiso recibirle el pésame a nadie: «Pa' qué». Se negó a responderle la notita a la bruja Polonia. Se negó a oírle al pastor Becerra el sermón sobre por qué tanta violencia. Se negó a hablar con el agente de la inspección de policía, el malnacido de Sarria, que no sólo vino a prometerles con su vocecita ahogada que ese crimen no iba a quedar impune, ja, sino a jurarles que en Belén del Chamí nunca más iba a tener que enterrarse a los parientes en la madrugada: «En estos días vengo otra vez a ver a su mamá…», dijo en la puerta.

Hipólita vivió porque no tuvo una mejor idea. Apenas se levantó de la cama a ir al baño cuando no había nada más que hacer. Se bañó una, dos, tres mañanas por mucho. Pasó un par de semanas sin lavarse los dientes. Sólo una tarde les preguntó a sus hijos si habían comido bien la noche anterior.

Negó la muerte de su mudo de tanto en tanto hasta decirse «es que no puede ser». Maldijo la muerte de su esposo hasta caer en cuenta de que no podía seguir brava con él: «Pa' qué». Se regodeó en el asesinato de su Salomón una tarde viendo un noticiero en el que hablaban de sequías e inundaciones por culpa del fenómeno de El Niño.

Pero una y otra vez regresó a la cama destendida y arrugada y ensuciada, como reconociendo la victoria del mal y el apocalipsis que no será sino que es, a ver esta vez cuánto duraba dormida, a ver esta vez cuánto lograba perderse la vida.

Y se levantó cada hora a decirse «ay, no» y «pa' qué...» porque el espanto daba tumbos por la pieza que fue suya como si fuera el mismo hombre que todo el tiempo estaba tocándoles las frentes a sus hijos para ver si ahora sí tenían fiebre.

El viernes 28 de febrero Hipólita se despertó porque ella misma había pegado un grito: «¡No!». Fue raro —solía contar— porque acababa de soñar que el enterrador era enterrado en la parte de atrás de la casa, pero el alarido que dio le destapó el taco, el tarugo, el mochoroco, que estaba tapándole el camino de los pulmones a la garganta. Sintió el alivio de golpe: ya no más, ya. Y ni siquiera la noticia de que el sepulturero Caicedo en efecto había sido asesinado y lanzado al río Muerto hacía trece días, que se la contó Max con pelos y señales cuando ella lo obligó a contárselo, consiguió menoscabarla. No era que se le hubiera acabado la tristeza: ningún duelo llega a su fin. Era que tenía la idea que tenía: ese desmadre. Y ni en Belén del Chamí, ni en el mundo, podía pasar nada que se la sacara de la cabeza.

Recién comenzado el sábado 29, unos minutos después de la medianoche, se despertó con la convicción de que por fin tenía la solución a la tragedia y se paró animada y nerviosa y se fue hasta la cocina a ver qué había para comer: si coco o mango o guanábana o algo así.

Y fue a esa hora que llegó, deslizándose por debajo de la puerta, el nuevo panfleto firmado con las tres equis del desmemoriado comandante Triple Equis: ¡zas! Y ella hizo todo el ruido que fue capaz de hacer, carraspeando y soltando monosílabos y apretando los puños, a ver si eran capaces de matar también a la mujer.

Quiso encender la luz e ir a la puerta a decirles «yo no voy a morirme de miedo», pero el interruptor de la cocina se fundió justo cuando decidió apretarlo. Y le gritó a su esposo Salomón, por si acaso los espantos sí existen, «váyase con su puta y déjeme en paz que yo a usted no le he hecho nada malo».

Y, apenas escuchó que al otro lado de la puerta el mensajero de los asesinos corría por el camino de la entrada y luego se subía a una moto y se iba, levantó el volante —pensó, al principio, que era una amenaza— antes de que alguno de sus hijos lo levantara:

BLOQUE PRINCIPAL FÉNIX
NOROCCIDENTE DE COLOMBIA

ESTAMOS EN PIE DE GUERRA Y A PARTIR DE LA FECHA
NO CESAREMOS HASTA LIMPIAR A PUNTA DE PLOMO NUESTRO POBLADO

NO MÁS DELINCUENTES COMUNES, SAPOS, COMUNISTAS, MARIGUANEROS, PUTAS, GUERRILLEROS, JÍBAROS, BRUJAS, DROGADICTOS GONORREAS, RATAS, VIOLADORES Y TODO RESIDUO BASTARDO

YA LOS TENEMOS IDENTIFICADOS

Volvió el papel una piedra porque escuchó el bramido de la puerta de la habitación de los hijos. Pero luego, mucho más cansada del miedo que de la tristeza, lo soltó sobre la mesa de la cocina para que los vivos y los muertos de la casa se enteraran de en qué clase de infierno estaban viviendo. Soportó de golpe un escalofrío, que era el descubrimiento de que cualquier cosa puede pasar, y que la hizo sospechar del espanto de su marido traidor de la causa —y quizás era él, vuelto un ruidito inaudible, desesperado porque la conocía de memoria y sospechaba cuál era su gran idea, su desmadre—, cuando su Max y su Segundo aparecieron allá en el apagón de la sala. Tenían el corazón en la mano y tenían el alma en vilo. Querían hablarle pero sobre todo querían una explicación.

—Quiero que organicemos las cosas del papá —les dijo—: quiero que esta casa quede ordenada antes de irnos.

—¿Vamos a irnos de aquí?

—¿Adónde nos vamos?

No les dijo nada. Pidió «un último poquito de paciencia» pero no dijo nada de nada. Se hizo seguir hasta la habitación. Encendió la lamparita de pilas. Abrió los cajones del mueble de su marido para empezar a poner sus cosas en orden. Preguntó a sus hijos si se iban a quedar mirándola como un par de fantasmas reventaos o si se iban a poner de rodillas para ayudarla a organizar. Y así, a media luz y sin ninguna prueba de que el mundo allá afuera siguiera existiendo, los tres sobrevivientes se dedicaron a echar en una bolsa negra las medias rotas, los calzoncillos descosidos, los esferos Kilométricos sin tinta, las llaves torcidas, los recortes de prensa, los cordones impares, los nudos de cinta aislante, los rollos fotográficos sin revelar, los pegotes de quién sabe qué.

Por momentos sintieron que seguía vivo Salomón Palacios, el papá, porque todo olía a cigarrillo: los jeans, las raídas camisetas de propaganda de la campaña «Rentería alcalde», los zapatos embetunados con barro.

Se quedaron un rato viendo las fotografías que tenía guardadas debajo de los papeles viejos y las páginas sueltas y los recibos. Tenía fotos de los tres, de Hipólita mirándolo a la cámara, de Max poniéndose los zapatos enormes de su padre, de Segundo gateando detrás de un camioncito de madera. Pero también tenía una foto en blanco y negro de sus padres, los padres del mudo, cuando eran un par de hijos recién casados que —después de cantar y aplaudir y asentir en las ceremonias en el templo— se iban a pasar las tardes de los sábados en las panaderías de la Plaza del Pan. Detrás del retrato, que alguna vez había sido doblado por la mitad —era como si Salomón lo hubiera guardado algún día entre el bolsillo del pantalón—, estaba escrita la fecha: 9 de septiembre de 1949.

Botaron casi toda la ropa del trasteador porque el mugre ya nunca se le iba a caer. Y si me refiero al mudo como «el trasteador» es porque nunca quiso gastarse la plata en prendas que iba a arruinar en la primera mudanza y se la pasaba en jeans y en camisetas y andaba por ahí descalzo porque qué carajo importa. Y si escribo «casi toda la ropa» es porque al final Maximiliano se quedó con una camisa blanca que podía pasar por camisa nueva, Segundo se quedó con el sombrero que se ponía para protegerse la calvicie, e Hipólita se quedó con los pantalones habanos de botas dobladas que siempre tenían puesto el cinturón porque sacárselo era una tarea para la que nunca había tiempo.

Encontraron cajetillas de cigarrillos escondidas entre los calzoncillos y las medias. Estuvieron a punto de botar las libretas en donde conversaban, por escrito, con el padre mudo, pero Segundo, que había estado leyéndolas en las noches, les pidió —y luego les rogó— que no lo hicieran.

A las cuatro de la madrugada, minutos más, minutos menos, Hipólita salió de la casa por primera vez en mucho tiempo a dejar las bolsas de basura en el camión: cuántos objetos personales se convierten en basura, como cuerpos sin alma, apenas muere un hombre.

Sintió el vuelo del espanto, que a veces era un zumbidito, a veces era un aleteo espeluznante, mientras abría y cerraba las puertas del furgón. Supo que su marido andaba por ahí, como lo había sabido ese mes en cama, pero no se volteó a decirle nada, sino que fue hasta la cabina a recuperar el casete que le había hecho con sus canciones favoritas. Cuando ella lo conoció, por ahí por el 65, él no tenía ni idea de canciones ni de cinturones con hebillas grandes ni de programas de radio para carcajearse: lo suyo era madrugar, trabajar, comer tentempiés, descansar el nalgatorio, pichar, fumar y fumar y fumar más y dormirse sin negársele a nadie. Desde que habían tenido los hijos había disfrutado un poco más la vida. Qué raro había sido verlo tan despistado esos últimos meses.

Hipólita se demoró un rato en la cabina del furgón porque sacó también todo lo que había en la guantera: un lápiz partido por la mitad, unas monedas sucias, una cantimplora agujereada.

Todo olía a cigarrillo, las cosas y ellos tres, como si Salomón hubiera dejado esparcidas sus cenizas de aquí a que los demás se lo encontraran en la muerte.

E Hipólita se quedó en el furgón pensando en ello, como sintiendo el último retorcijón de esa vida, y se quedó un rato más cuando se dio cuenta de que los vecinos estaban espiándola otra vez a esas horas desde sus ventanitas cobardes y sus hijos estaban esperándola en sus ventanas aterradas. Por supuesto que el pueblo entero lo sabía todo: el asesinato vil, el entierro injusto, el duelo aplastante. Claro que el único soldado y el único enfermero le habían contado al único policía que el pobre sepulturero les había dado una mano. Claro que los vecinos le habían dicho al pastor que la bruja había estado merodeando por allí. Claro que todos en Belén estaban esperando el paso siguiente para quedarse con todo.

Pero lo que no sabían ni se olían siquiera era el delirio que se le había ocurrido a ella esa noche: quería verles la cara de vendidos cuando se los dijera.

Ser un espanto es un castigo demasiado largo porque el fallo debe apelarse ante uno mismo, y puede uno tardar la eternidad en descubrirlo. Ser el espanto de un hombre asesinado en la puerta de su casa es descubrir que irse al infierno es permanecer en la Tierra. Y es ser testigo, como Salomón el mudo ese último día de ese febrero, de cómo su esposa herida de muerte recobraba la voluntad para mal, para poner a un pueblo de matones en su sitio, para vengarse de un lugar que sus padres y sus hijos amaron a pesar de los cadáveres hasta que el cadáver del día fue de su familia: ¿de verdad alguien creía que Salomón Palacios era un sapo?, ¿no tenían claro todos los dueños de Belén, de los pastores a los matones, que el trasteador además de mudo era neutral?

Era el mal. Era el mal puro, el puro mal del que hablaba el pastor los sábados —«y hay que estar preparado siempre porque la muerte nunca le ha faltado a nadie...», gritaba— cuando ya era la hora de salir del templo.

Quién podía matar así, porque sí, a un padre de familia. Quién podía quitarle todo lo que había sido y todo lo que iba a ser a un hombre bueno que apenas había tenido deslices y violencias pero jamás había dañado por dañar: el cauchero Eustaquio, su padre, se había ido cuando él y sus hermanos seguían siendo unos niños que jugaban fútbol en la orilla del río —y luego alguien dijo que alguien dijo que lo habían matado por meterse de bandido—, y Salomón, que ayudaba a los demás a mudarse, se había ido a vivir a la casa que había sido de los papás de su Hipólita y se había dedicado en cuerpo y alma a ser el papá más fijo de esas montañas y a no ser como su papá: ¿y estos malparidos pegarle un par de tiros a los cuarenta y dos, como si supieran que eran los mismos que tenía su viejo cuando se largó?

Salomón, el espanto mudo, tenía clarísimo que su Hipólita había regresado a la casa para hacerles el último desayuno a sus hijos, pero, como no lo veían ni lo oían ni se tomaban a pecho sus señales de humo y de ceniza, para él todo lo del mundo pasaba detrás de un velo, detrás de un vidrio que sólo un espanto con manos habría podido romper. Vio a su mujer tomando huevos y tocinos y panes blanditos y cafés para hacerles los platos que les gustaban cuando estaban todos vivos. Vio a los hijos vueltos niños sentados en sus puestos —y en sus butacos— de todos los días. Y todo el tiempo supo que no estaba siendo testigo de una vida nueva, sino de una despedida: del último deseo de esos tres condenados.

—¿De dónde sacaron ustedes huevos blancos y panes blanditos? —preguntó Hipólita con la mirada puesta en el fogón mientras se agarraba el pelo plateado con un caucho.

—Usamos la plata que había aquí en la casa —respondió Segundo porque Segundo solía asumir la culpa de todo.

—Quedan veinte mil quinientos setenta pesos —explicó Maximiliano dispuesto a aclarar las cuentas como la mamá se lo había enseñado.

Sólo entonces a Hipólita se le ocurrió preguntarles qué habían hecho sin ella esas semanas: si se habían bañado a la hora que era, si se habían comido las tres comidas del día, si se habían levantado temprano para caminar a la escuela, si se habían lavado los dientes por las noches. Sólo entonces captó que había estado loca. Que los había dejado a su suerte, sin padre y sin madre de un día para otro, en este pueblo de víboras y este país de ejércitos sueltos y este mundo demasiado duro para los seres pequeños. Sí, sus súbitos cambios de ánimo eran cambios del cielo al infierno, sus frustraciones, que toda mujer las tiene en territorios de hombres, desataban huracanes en el ojo del huracán. Sí, incluso las malas madres son amadas, pero Hipólita fue buena —y lo hizo bien— hasta ese mes.

Y era raro para Hipólita y para todos, que estaban de acuerdo en que ella era invencible, haberse pasado un mes fuera de sí.

—Yo sé que me les volví una ñapa, niños, un muerto más —reconoció mientras fritaba las lonjas de tocino y los cubitos de plátano y el arroz de coco—, pero es que yo lo que he sido desde que se murieron todos es la mujer de él.

Dio la espalda hasta que sintió a sus hijos, «mis niñitos…», tratando de abrazarla desde atrás. No les pidió perdón porque era incapaz de decir esa palabra, pero sí les secó las lágrimas y les susurró «ya volví» y ellos hicieron cara de haberla reconocido como si al cuerpo de esa mujer hubiera vuelto el espíritu de la mamá.

Preguntó otra vez «¿y qué hicieron sin mí este mes, mis pachas?» cuando los dos volvieron a sus butacos tragándose los últimos sollozos. Terminó de cocinar mientras Max le contaba que habían estado alimentando con caldos y frutas picadas a ese cuerpo, el de «la mamá», que había querido morirse sin pena ni gloria; que habían estado yendo a la escuela pero volvían ahí mismo para no dejarla sola; que habían estado escuchando los partidos de fútbol en la radio y haciendo la compra todos los viernes y viendo los capítulos de *Sábados felices* sobre el descubrimiento de América; que habían estado saliendo a jugar escondidas en el potrero de allí arribita con los hijos de los pastores, y habían regañado a Milton, el niño que pinchaba los carros con un cuchillo, por conseguirse una revista pornográfica, y habían matado a una rata a palazos.

Max llevó las cuentas en la libreta de la mesita de la entrada: doce mil quinientos de los servicios, diez mil doscientos pesos de los zapatos, ocho mil setecientos de la comida. Se fijó en que su hermanito viera sólo programas de televisión de su edad. Se dedicó a cocinarle al niño, que era negado para la cocina, las pocas cosas que podía cocinarle. Hizo los caldos para ella. Se fue solo un par de veces a sus partidos de fútbol, pero fue porque Segundo prefirió quedarse al lado de la mamá «por si acaso». Una vez nomás jugó a las cartas con los grandes. Se le vino la sangre por la nariz un domingo en la tarde, como siempre, porque algo tiene picho allá adentro. Una muela picada le dañó el sueño, aunque ya no recuerda qué día le pasó el dolor. De resto estuvo bien.

Segundo hizo caso e hizo silencio. Rezó todas las noches al Señor por el alma del papá y por el alma de la mamá. Tuvo miedo varias veces, «como unas cinco…», porque sintió que un ruido helado le pasaba por la espalda. Fue detrás de su hermano a la escuela, al mercadito, al potrero, al cementerio. Jugó con los juguetes perdidos que su papá encontraba y traía después de las mudanzas. Hizo sus dibujitos en las hojas de papel periódico que le regaló el profesor. Cuidó que a ella no le subiera tanto la temperatura e hizo las tareas. No contó —cómo iba a hacerlo— que puso bravo a su hermano un par de veces por no mostrarle el papelito que había estado ocultándole desde la noche terrible: soportó las patadas en el piso, como las soportaba siempre, repitiéndose «ya va a pasar, ya…», pero, a pesar de que era lo único que tenía, no le dijo a su hermano dónde había escondido su secreto.

Trajo lápices antes de que le pegara. Buscó debajo de las camas cosas perdidas antes de que le pegara: «Cuento hasta tres…». Pero sobre todo estuvo leyendo hasta tarde, con la linternita de pilas Varta que era también la lámpara de la mesa de noche, las libretas en las que se comunicaban con el papá cuando el papá estaba vivo: eran un par de cajas de libretas de hojas amarillas rayadas en las que podían leerse todas las conversaciones desde que Max había aprendido a escribir.

Estaban fechadas: «Febrero de 1987», «Agosto de 1989», «Diciembre de 1991». Eran veintipico. Contaban, a punta de frases sueltas, de diálogos truncados, lo que les había sucedido esos últimos años.

«Haga caso», «Usted es mío», «Papá lo quiero mucho», «Salgo a cobrar una plata», «Feliz Navidad para todos», «Hoy estaría cumpliendo años mi papá», «Anoche soñé que teníamos siete vacas aquí atrás en el terreno», «Max volvió a orinarse en la cama», «Max tiene fiebre», «Vamos al pueblo a comernos un pescado», «Haga caso», «Un día deberíamos irnos a conocer Medellín», «Qué pasó ayer en *Ana de negro*», «Perdón por haber estado tan cansado estos meses», «Hay que comprar los zapatos para la escuela», «Dónde están mis botas de caucho», «Perdón por lo que hice», «Yo la decepciono porque no tengo a nadie más», «No moleste a su hermano», «Hay que aprender a defenderse», «Gracias por mi casete», «Tengo que llevar a mi compadre a San Isidro», «Hasta mañana», «Que haga caso».

Cuando el papá tenía ganas de decir algo, y no tenía tiempo para ponerse a hacerles señas, se iba hasta el bloc de hojas que ponían en la mesa de la entrada y escribía con su letrica chiquita lo que tenía en la punta de la lengua. Siempre llevaba en el bolsillo del pantalón un esfero Kilométrico negro. A veces, si estaban afuera, agarraba la primera hoja que se encontraba para decirles alguna cosa de afán, y, como era un hombre paciente y era capaz de soportarlo todo, solía aguantarse a escribirlo hasta cuando llegaban a la casa. Siempre fue esa misma persona. Siempre fue igual. Poco tenía por decir y poco por escribir. Todo el tiempo estaba trayéndoles cosas que se encontraba en los trasteos, pero nunca traía nada para él.

Todo el mundo en las callecitas de Belén del Chamí les dijo lo mismo ese mes: «Yo siempre quise mucho a su papá...», «su papá me ayudó siempre que le pedí que me ayudara...». Veían a los dos niños cruzando la plaza central, tomados de la mano como una sola silueta que se va yendo y se va alejando hacia la montaña, con el atado de la tristeza en la garganta y la piedra de la culpa en el estómago, y soltaban alguna frase atolondrada: «Supe la noticia, pelao, ánimo…», «estamos todos en filita pa'l otro mundo», «ay, Señor, díganle a su mamá que rezamos por ustedes todo el tiempo». Veían a los hijos del trasteador con sus morrales, serios, rectos, fuertes, decididos, portándose como un par de hombres, capoteándoles las condolencias inútiles y las frasecitas maledicentes, y sentían ganas de pedirles perdón, pero ya los niños no querían quedarse quietos por ahí.

Sólo la bruja Polonia les advirtió «tengo que decirle una cosa a su mamá…», y se los advirtió tres veces, pero ellos corrieron porque esa señora da miedo.

Y de tanto ir y venir, de tanto responderles a los amigos del colegio, al final de los partidos de fútbol, cómo había quedado el cadáver, fueron perdiendo las ganas de vengarse.

Hipólita lamentó el mes y el duelo que habían tenido que vivir sin ella. Hipólita pensó en Max echándose en la espalda el peso de la casa y siguiendo adelante con su vida e imaginó a Segundo haciendo las veces del niño que se aferra a los papeles y las frases sueltas como si fueran un mensaje de ultratumba. Sí le dio tristeza y le dio orgullo la imagen de sus hijos, el alto y el bajo caminando de allí hasta la escuela como dos vidas dándole la espalda a la muerte, pero unos segundos después empujó atrás ese asomo de compasión —pa' qué— y se puso a pensar que así era la vida de todos y así era la vida que les había tocado y así era ese pueblo de matones que se habían pasado del Frente 99 al Bloque Fénix porque allá pagaban mejor y ya no quedaba más que hacer.

Sirvió el desayuno con el cuidado y la precisión de todas las mañanas de la familia. A cada cual le dio lo mismo: su pan blandito, su café y su huevo frito con tocineta con arroz con platanitos primitivos. Vio el reloj: 7:27 a.m. Se quedó mirándolos como un espectáculo que nadie iba a creerle jamás.

—Pero nunca más va a haber un mes tan triste ni va a pasarnos jamás un tiestazo como este —les dijo cuando estaban a punto de acabarse el desayuno y de pedirle más, y de inmediato, antes de que se les diera por esperanzarse, prefirió agregar— porque ahora en un rato vamos a ir al pueblo a que nos maten.

Era una nube de ácaros. Era un espanto, pero a esa hora de ese día —testigo de aquella idea de matarse— era un olor raro y una rasquiña en las pieles de sus hijos. Era el pitido que uno no tiene claro qué es y de dónde viene. Era el mal trago que sentía su mujer en la parte de atrás de la garganta, y no podía y no podría evitarlo. Hipólita les explicaba a sus hijos que iban a estar mejor cuando estuvieran muertos porque iban a reunirse los cuatro otra vez como cuando el pueblo era lo que era: «Vamos a estar bien». Repitió «créanme» varias veces porque tenía claro que ellos no habían visto lo que ella había visto en esos días de duelo, que ellos no habían sentido, como ella, ese llamado de la muerte, que era un llamado liberador y no un asedio. ¿Y qué más podían hacer?

Sí, podían seguir viviendo. Podían seguir viviendo enfrente de ese par de hijueputas que se han portado como se han portado. Podían seguir cruzándose con la puta que corrompió al papá, y con el marido que se encogió de hombros, todos los sábados en el templo. Jugarían fútbol en la orilla del río Muerto. Escucharían mil veces el sermón del pastor sobre prepararse para ese único día de la Navidad que es el día de la partida. Crecerían pese a todo. Max se volvería un muchacho alto de pocas palabras, como su padre, perseguido por las mujeres y por los fantasmas, pero dispuesto a vivir sin quejarse. Segundo se convertiría en un niño solitario e incapaz de defenderse.

Max trabajaría como un burro y como un negro y saldría bien en cualquier trabajo que se propusiera: tendría quizás un par de hijos y luego un par de hijos más con una mujer un poco menos jodona que la primera y se pasaría la vida pensando que la muerte lo tomaría por sorpresa a los cuarenta y dos años como a su padre y al padre de su padre. Segundo, el comeviejo, tardaría mucho más en adaptarse al mundo, a la ciudad, a la sensación de que uno no tiene ni idea de qué va a pasar mañana, pero tendría que rejuntarse con alguien porque qué más se pone a hacer uno en la vida, tendría que dejar de ser tan raro —rezar, sí, pero sólo los días de templo— y dedicarse a hacer su trabajo de enfermero en el puesto de salud.

Y ella, Hipólita, sería una perseguida el resto de su vida, sería «la hija del asesino de los pájaros» y «la hermana del bandido» y «la esposa del sapo»; trabajaría en la caja del mercado de sol mayor a sol menor como si no hubiera un trabajo más importante en la cadena alimenticia, hasta que el Bloque Fénix entrara a sangre y fuego; trataría de ser una buena madre, y lograría serlo, claro, con el amor desbordado que sólo ella es capaz de dar, y todos los meses caería abatida porque no puede ser que vivir sea sólo esto; tendría la Luna encima vigilándola, afectándola como una enfermedad muda, enloqueciéndola a ratos hasta volverla una vieja loca.

¿Y para qué? Si Salomón, su marido, está llamándola. Si anoche y antenoche soñó que él le escribía en la libretita de la entrada «Hipólita: muéranse ya que yo tengo todo listo de este lado». Si ella tiene claro que esto se acabó.

Habían sobrevivido unas semanas más que el mudo, doliéndose y sintiéndose traicionados por el Señor, para dejar en claro que los belemitas hipócritas habían sido cómplices del asesinato más cobarde de la historia, para dejarlos embadurnados de vergüenza y de culpa y para que ella pudiera entender que su misión en el mundo —que el pastor Becerra decía: «Es que todos estamos en Belén del Chamí por alguna cosa y para alguna cosa»— era ponerlos en su sitio a esa manada de matarifes, de judas, de bujones. Habían sobrevivido a Salomón Palacios solamente para caer en cuenta, cuarenta días después, de que se habían ganado el derecho de ser mártires y el derecho de escapar de este infierno.

No iban a envenenarse con el veneno para las ratas porque, según dice el pastor, los suicidas pronto descubren su error.

No iban a pegarse un tiro con el fusil que tenía el mudo debajo de la cama, ni iban a destazarse como reses: pa' qué.

Se iban a hacer matar para demostrar que en Belén del Chamí no se respetaba ni a las mujeres ni a los niños.

Se iban a hacer matar por el primer matón del Bloque que se encontraran en los bares de los extramuros y las panaderías de la plaza y ya tenía claro ella cómo iba a lograrlo.

Ojalá el Señor les tuviera reservado el encuentro con un verdugo que asumiera el destino de matarlos por compasión.

Pero si no, ella iba a gritarles «asesinos hijueputas» y a escupirles el piso que estaban pisando y a jurarles venganza y a sacarles el fusil para que les dispararan: se convertiría en la prueba de que nadie puede decir la verdad allá en Belén, y esa sería la moraleja de su muerte y el sentido de su historia.

No. No iban a perderse nada. ¿Qué?: ¿el amor?, ¿el matrimonio?, ¿la dicha?, ¿la paternidad?, ¿la calentura?, ¿la ñoña?, ¿la vergadera?, ¿el ñereje?, ¿la pirigalla?, ¿la fiebre?, ¿el miedo?, ¿el insomnio?, ¿el misterio?, ¿el suspenso?, ¿el arroz con longaniza?, ¿el encocado?, ¿el pargo rojo?, ¿el chontaduro con limón?, ¿el arrepentimiento?, ¿la pesadez?, ¿la melancolía?, ¿la nostalgia?, ¿la incertidumbre?, ¿la desilusión?, ¿la frustración?, ¿el huracán?, ¿los cuernos?, ¿las deudas?, ¿el Mundial del 94?, ¿la humedad?, ¿el río? Pa' qué todo eso. Pa' qué nada. Si iban a librarse, como los ángeles, de las manchas y de las enfermedades. E iban a llegar de una vez, sin polvaredas y sin resbalones, al sitio en el que los hombres y los animales son felices: lo que hay detrás de esto.

Se los juraba por el Señor y por sus profetas y por sus pastores: vivir era estarse muriendo y morir era empezar la vida, morir era empezar en serio y vivir era perder el tiempo.

Se los juraba por el amor que ella les tenía porque no había un amor más grande.

Se los juraba porque una mamá ve claro siempre, como teniéndolo a un paso, lo que su hijo necesita.

Juró que no sentirían nada semejante al dolor. Pidió a los dos que no tuvieran miedo, que confiaran en ella así fuera esa última vez. Contó la vez, de hacía cinco años, cuando llegaron aquellos guerrilleros matones a la casa a pedirles agua y a robarles el resto: el papá les hizo a sus dos niños una serie de gestos que significaron «nada de miedo que aquí no está pasando nada raro» y ella les dijo «morirse no es lo peor que puede pasarnos», mientras los malnacidos se llevaban todo lo que iban encontrando a su paso y hacían bromas sobre visitarla a ella «una noche de estas», y era como si la nerviosa pero recia Hipólita supiera que un día iban a tener los tres la rara oportunidad de morirse antes de que el alma se les secara y el corazón se les volviera un amasijo de sangre.

—Vayan a vestirse, rápido, rápido —les dijo mirándolos fijamente como vigilándoles el miedo—: pónganse los zapatos que tampoco se trata de morirse descalzos.

Quién sabe si fue él, porque a veces los ventarrones tumbaban las fotografías que pegaban con cinta pegante en el muro junto a la cocina, pero fue entonces cuando se abrió la puerta de la pequeña nevera y se cayeron los huevos que les quedaban. Se hizo en el piso una mancha naranja y viscosa. Se apagó la luz y la radio sonó igual que un último suspiro. Y sus tres huérfanos tuvieron que quedarse sentados porque comenzaron a sentirse asediados por quién sabe qué y mareados hasta la náusea. Y su mujer se quedó muda porque ya se los había dicho todo: pa' qué más. Y sus hijos le quitaron a ella la mirada porque el primero pensaba que la mamá se había vuelto loca, y el segundo, que vivía y dormía seguro de que nada sucedía en vano y la razón de ser de todo era llegar al Señor, dudaba de que fuera la hora de mudarse a la vida siguiente.

Y se fueron a su cuarto, tropezándose con todo, cuando Hipólita les abrió los ojos en la bruma de la sala como cuando estaba a punto de pegarles con la chancla. Y el espanto se fue con ellos, vuelto un acaloramiento, un ahogo, porque no sabía cómo más cuidarlos.

—Yo no me voy a morir —le susurró Max a Segundo— y usted mucho menos.

—Yo no sé qué hacer —le respondió Segundo a Max con los ojos aguados y la mandíbula temblorosa como despertándose de una pesadilla a la que ya se había resignado.

—Pues entonces haga lo que yo le diga —le ordenó el mayor al menor poniéndose la franela blancuzca y la pantaloneta de los fines de semana—: vístase más bien que ahí vamos viendo.

—¿Pero qué vamos a hacer?

—No sé, no sé, no podemos dejarla abandonada porque quién sabe qué hace, pero que si quiere morirse que se muera sola.

—¿Será?

Max caminó seis veces de un lado al otro de la pequeña habitación, mirando al suelo como buscándose un túnel, a ver si se le ocurría una solución aparte de salir corriendo. Segundo se puso la pinta elegante sin pensar muy bien en lo que estaba haciendo: se puso la camisa habana y el pantalón café que se ponía para ir al templo y se metió entre el bolsillo el papel que le dio el papá. Poco se miraron. Un rato después, cuando Hipólita empezó a gritarles «¡vengan ya, mis pachas, que nos vamos!», el hermano menor le agarró la mano al hermano mayor en vez de pedirle que no lo dejara solo y dijo «estamos en tus manos, Señor…». Y el espanto quiso volvérseles piedras en los zapatos y cerrarles las puertas, pero apenas pudo ser el sofoco, el jadeo del amanecer.

Hipólita parecía una desconocida, una loca y una broma macabra, porque se había puesto los pantalones y el cinturón de la hebilla grande de su marido. Tenía la blusa negra porque en su familia el luto se usaba nueve meses. Cargaba en las espaldas el fusil de su marido y una maletita con una cantimplora y unas frutas. Cualquiera diría que había vuelto desde el infierno del duelo con la noticia de que nadie es de nadie. Cualquier espanto que hasta ahora llegara a la historia vería a una mujer erguida, orgullosa, como una protagonista que ha dejado de temer. Y, no obstante, la verdad es que era una persona que estaba convencida de que la única jugada honesta era matarse.

Max se fijó en que la mamá no estaba temblando. Segundo se dedicó a mirar la mancha anaranjada y amarillenta y babosa junto a la nevera. Siguieron los dos las órdenes como un par de soldados, «lávense la cara», «péinense», «díganle adiós a la casa», pero ya ninguno de los dos estaba dispuesto a seguir la orden de morirse.

Hipólita cerró la puerta de la casa por última vez y lo hizo poco a poco: clic. Se puso las gafas oscuras que su marido había encontrado en un trasteo y sonrió a sus dos hijos como si estuvieran yendo a un entierro ajeno. Hubo un tiempo, hace quince años por ahí, en el que el Frente 99 organizaba fusilamientos en un muro que una vez fue una fachada —con una puerta y dos ventanas— enfrente de la pensión de don Crescencio Blanco. La gente cabizbaja de Belén iba a mirar, hombres y mujeres y niños y niñas, como asistiendo a una ceremonia, a una quema, y antes y después sonreía media sonrisa como la que acababa de hacerles Hipólita a sus hijos: media sonrisa que significaba y sigue significando que aquel que cante victoria es el siguiente.

Max no hizo ni dijo nada durante unos minutos porque estaba tratando de armar un plan de escape. Segundo se quedó mirando la puerta como pensando que allá adentro había dejado sus juguetes y las libretas que eran la prueba de que el papá había sido el hombre que había sido, pero tampoco se atrevió a decir «no quiero irme» ni «no quiero que me maten» —y tampoco se atrevió a mirar a su hermano por si acaso— porque la mamá les agarró la mano a los dos y los jaló y cruzó con ellos la carretera para ir a golpearles la puerta a los vecinos: iban a hacerse matar para ser la historia más triste de Belén del Chamí, pero iban a dejarles clarito a todos sus enemigos que no iban a irse engañados, como todos, de este mundo.

Hipólita golpeó. Notó que habían pintado de rojo los bordes de las paredes de madera. Notó que tenían tejas nuevas. Dijo «es que uno no le puede permitir a la gente lo que a la gente le venga en gana…» antes de que el tonto de Modesto les abriera la puerta.

Modesto llevaba puesto siempre, así anduviera en la casa, un sombrero puntudo de ala ancha hecho en damagua. Se abría las camisas de manga corta hasta el botón de la mitad y se colgaba una toalla en el hombro izquierdo así estuviera lejos del sol. Tenía nosequé problema en la garganta que lo hacía hablar despacio y enredado. Era un largo pero de los largos langarutos, cadavéricos, ojipalculos. Y ese febrero de 1992 sin duda era un misterio, para quien hasta ahora lo conociera, que semejante atembao se hubiera tirado a todas las mujeres del pueblo antes de casarse, pero es que en sus tiempos era un malicioso, un lambido —y se fumaba sus Pielroja y se tomaba su cerveza y hablaba poco en las tiendas—, y hacía carita de yonofuí, pero sí había sido.

—No puedo creer lo que estoy viendo con mis propios ojos —les dijo con su voz desganada e impedida de siempre—: la familia Palacios.

—¿Quién es? —gritó Trinidad desde la habitación.

—¡Los vecinos! —respondió la voz de Modesto, libre, de golpe, de titubeos.

Trinidad solía tener el pelo mojado, que le caía sobre los hombros desnudos, porque estaba convencida de que así los hombres la miraban más. Se ponía esqueletos de colores que apenas le cubrían las tetas, se ponía aretes enormes en las orejas y faldas que le salían con las balacas. Siempre, antes y después de casarse con Modesto, había sido una robamaridos. Y era extraño que lo fuera porque era parca y malgeniosa y se había reído por mucho tres veces en la vida, y no coqueteaba como una quinceañera de pestañas largas, sino que se lanzaba, con el ceño fruncido, tras su presa. Sólo un sábado se le vio alegre en el templo: el día que mataron al mudo salió a bailar con el soldado «mija: coja su marido / pa' que se le quite la arrechera» y de pronto le empezó un ataque de risa que podría haber seguido hasta el fin del mundo.

—¿Qué fue que pasó? —les preguntó a los Palacios mirándolos de reojo e inclinando la cabeza hacia un lado como lo hacía cuando se encontraba con alguien por el camino.

—Que me demoré un mes en agarrar fuerzas para decirles aquí mismo, enfrente de mis hijos, que con todo respeto yo sé que ustedes les dieron café a los asesinos de Salomón un poquito antes de que él llegara.

—Usted lo que está es herida por lo otro —se atrevió a soltar Trinidad.

—Yo estoy herida porque usted es una perra, yo no soy quién para negárselo, pero ahora le estoy diciendo lo que vi: que ustedes dos se reían con esos asesinos.

—¿Y por qué no va y lo cuenta en la estación de policía?

—Para allá voy —le dijo Hipólita con su cara de joven con pelo de vieja, dando un paso al frente con sus dos hijos escoltándola—, pero antes de irme, que ahí les dejo la casa que siempre quisieron quitarnos, quería que mis dos niños miraran la cara de los cómplices del asesinato del papá: yo no sé si es que Modesto aprovechó para desquitarse del hombre que se le llevaba a la mujer aquí atrás a echarle un tibio, yo no sé si es que Trinidad se quedó herida porque el mudo no quiso dejarme sino que empezó a cogerle asco a ella, yo no sé si es que ustedes dos ya andan en negocios con los hijueputas que se lo tomaron todo, porque yo sé que ustedes han querido nuestra tierra, yo les huelo a ustedes dos las malas intenciones, pero el caso es que por algo estuvieron riéndose con los asesinos esa noche.

Max se dio cuenta de que estaba temblando de la rabia y de que acababa de escupirles el piso. Segundo se fue tres pasos atrás porque estaba rojo de la pura violencia: «Dios mío…». El espanto del papá trató de sacarlos de la ira, que la ira es un delirio, metiéndoseles entre los párpados.

Y todos se quedaron quietos porque Hipólita se puso cara a cara con Trinidad como si fuera a morderle los ojos.

—Yo no los voy a matar porque yo no soy como ustedes —dijo valiéndose del fusil como si fuera un bastón—, pero eso sí por Dios que me voy a dedicar a que todo el mundo sepa lo que hicieron.

—Sálgase de mi casa, vieja loca —soltó la vecina jadeando con la mandíbula engarrotada.

—Váyase ya, Hipólita, váyase de una vez que sus hijos no se merecen verla a usted así —agregó Modesto.

Hipólita fue recobrando las riendas de su respiración, inhalar, exhalar, porque les vio a todos el miedo. Su papá, que mató pájaros conservadores como si fueran pájaros, decía que le daban más ganas de matarlos cuando les notaba el miedo —algo adentro de él le susurraba «¿sí ve?: se lo merece»—, pero a ella no se le escapó su violencia frente a las bocas entreabiertas y los ojos espeluznados de esos enemigos que se habían hecho pasar por vecinos. Su papá le decía «Hipólita: yo veo el miedo como otros ven el aura», y le decía «el miedo de este malparido es negro como una sombra porque es un animal desde niño…», pero a ella las expresiones de angustia sólo le probaban que ese par de traidores sabían que ella sí era capaz de pegarles un par de tiros por ser un par de hijueputas.

—Modesto: yo lo que no sé es usted por qué sigue viviendo con una mujer que le pone los dos cuernos —dijo Hipólita colgándose de nuevo el fusil en el hombro.

—Yo no tengo por qué responderle nada a una mentirosa como usted —le contestó él, con su voz pastosa, quitándose el sombrero y secándose la frente—: váyase.

Y esa frase atolondrada, que el tonto y pocacosa de Modesto había decidido creerle a su mujer para resolver la historia que había separado a las dos familias hacía unos meses, era la respuesta que Hipólita había estado necesitando: había perdonado a Salomón, hasta donde es posible perdonar a un marido, porque sabía que el mudo iba a darse su propio merecido de ahí hasta la vejez y porque un día se sintió capaz de dejar el lío atrás como si el daño no se lo hubiera hecho un marido de turno sino un padre con el que estaba amarrada por siempre y para siempre por la sangre —y la infidelidad se había vuelto un error más: «un desliz», como dicen en *Ana de negro*—, pero ¿cómo diablos había hecho ese tonto para mentirse?

Salomón Palacios le escribió a su mujer «perdóneme» y «fueron dos meses no más» en un papel, con las tildes puestas, apenas ella le dijo que lo había visto saliendo de la casa de enfrente. Salomón respondió con la cabeza «sí» o «no» a todas las preguntas que le hizo: si había sido ella la que había comenzado, si había empezado el enredo la vez que ella misma le había pedido que la llevara al pueblo porque pobrecita, si le lamía las axilas y le mordía los pezones y la agarraba por detrás como a una puta, si le gustaba más esa mujer que la mujer que le había dado sus dos hijos, si es que acaso quería dejarlos como los dejó su padre, si la había traído alguna vez a la casa, si se había puesto condón, si sí sería cierto que esa perra no podía tener hijos.

Salomón, en fin, lo confesó todo sacudiendo la cabeza: ¿quién, que la hubiera conocido de muchacha, paseándose por el río como una ganga, iba a creerle a la Trinidad que era inocente?

—Salga de aquí, señora —tartamudeó esa trapera, poseída por la ira, convertida en la dueña de la casa—: salga y no vuelva más que usted aquí no es bienvenida.

—Qué voy a ser bienvenida yo aquí si soy la única con la consciencia limpia —remató Hipólita antes de salir—: ay, Trinidad, nadie que sea como usted se salva del peor castigo.

—Sí, sí, sí —repitió Modesto, que era mejor para los monosílabos, señalándoles el camino de salida.

Nadie dijo adiós a nadie: pa' qué. Salieron los tres de la casa de los vecinos, sin más, y sin darles la espalda, porque todo lo que podía decirse estaba dicho. Oyeron el golpazo de la puerta en las nucas: «¡Tras!». Se arquearon de repugnancia y de miedo, porque los tres sintieron el trueno y el corrientazo y el ventarrón del portazo al mismo tiempo, pero se fueron caminando entre el potrero lleno de colillas como si ese fuera el fin de aquella historia. Seguía viéndose la luna entera en el cielo del sol. El paciente furgón blanco, que les había servido tanto cuando aún estaban con vida, parecía esperándolos. Y la mamá les decía «nada de miedo» mientras los hijos espantaban al espanto como a un mosco.

Cruzaron la carretera arrastrando los pies. Se montaron al furgón sin darse la vuelta a ver qué cara estaban poniendo los vecinos. Y sin pensarlo demasiado, porque así había sido la noche del asesinato, se fueron los dos hermanos en la cabina del vehículo y su madre enloquecida en el remolque lleno de las cosas inútiles de su marido. Maximiliano notó que Segundo balbuceaba alguna plegaria y temblaba a pesar de que tenía las manos entrelazadas como en los ruegos. Acomodó los espejos. Respiró hondo, como agarrando impulso, antes de encender el camioncito. Pensó que no podía ser que el papá estuviera muerto. Tuvo clara la imagen del mudo manejando mientras avanzaba el casete que la mamá le había grabado: «Ya llega la mujer que yo más quiero / por la que me desespero / y hasta pierdo la cabeza…».

—Míreme —le ordenó a su hermano menor—: yo no voy a dejar que a usted le pase nada.

—Yo nunca la había visto tan mal —dijo el niño tapándose los ojos.

—Pero yo ya tengo un plan —prometió él, Maximiliano, apenas dio la vuelta a la llave—: yo ya sé cómo es que vamos a salirnos de esta.

Se fueron por el camino de siempre con la sensación de que todo —los pastizales, los matorrales, los ramajes, los insectos, las montañas: todo— sabía lo que estaba pasando. Corcovearon. Dieron mal un par de curvas en aquella carretera llena de tramos destapados. Levantaron las manos como haciendo el papel de los niños que van al pueblo el sábado, «¡buenos días…!», cuando se cruzaron con un vaquero en bicicleta y cuando vieron entre la plantación a la

71

familia de caucheros. Se miraron un par de veces como un par de amigos a la fuerza. Era claro que Segundo estaba pensando que no quería morir pero que quizás morir era lo mejor que podía hacer si sus padres iban a ser un par de muertos: «Padrenuestroqueestásenloscielos…»

—Vamos a seguir derecho hasta Bogotá, pastorcito —dijo Maximiliano sin quitarle la mirada al camino.

—Pero ella se va a dar cuenta —contestó Segundo acostumbrado a decir «me rindo» cuando su hermano lo inmovilizaba en el piso: «quién es su jefe…», «usted, usted…».

—Claro que se va a dar cuenta, pero yo soy el que tiene las llaves del remolque: yo la encerré.

Segundo se santiguó, en el nombre del Padre, del Hijo y del Espanto, aunque su hermano se burlara de su flaqueza como se burlaba de su oreja torcida cuando se quedaban solos en la casa viendo televisión: «Qué se hizo, Pocillo, venga». Se le estaba escapando el corazón: tuntun-tuntuntuntún. Se le estaban engarrotando los brazos desde el comienzo de la nuca. Se le estaba hundiendo el cuello entre los hombros como esperando una cachetada. Tenía la mandíbula trabada del puro miedo y le sudaba la espalda como a un viejo a la hora del sol mayor. Iba agarrado de la manija de su puerta —y en el caucho enterraba las uñas largas que la mamá no le había vuelto a cortar— porque no había nada más.

—¿Y tenemos que pasar por el pueblo? —le preguntó a su hermano—: ¿no hay otro camino?

—No hay —le dijo—, pero a esta hora no tiene por qué volvérsenos un lío.

—¿Será?

Su padre, el espanto, se expuso a la muerte, se atuvo a la muerte, pero quién iba a celebrarles a ellos semejante sacrificio, semejante delirio: nadie.

Maximiliano pisó el acelerador en la última loma antes de llegar hasta Belén del Chamí. Ya el día se lo había tomado todo. Ya era imposible aplazarlo, negarlo. Ya eran las nueve de la mañana del sábado 29 de febrero, 8:48 a.m. para ser exactos, pero tenía pensado cruzar la plaza —que era inevitable cruzarla— sin voltearse a mirar a nadie en las aceras. Nadie había vuelto a darles el pésame ni a soltarles pesadeces desde hacía un par de semanas. Ni los comandantes ni los pastores, ni los padres ni los hijos, ni los profesores ni los desconocidos, ni los compañeros de curso ni los viejos resignados a que nada fuera nuevo bajo el sol, habían vuelto a mandarle saludos a la mamá. Pasar sería fácil. Sería pitar una vez y listo: «Adiós, mi pueblo traicionero, hasta nunca».

«Adiós: ya sé por qué es que nadie ha querido ni quiere ni querrá meterte en el mapa del país».

Aceleró. Fue de cuarenta kilómetros por hora a sesenta kilómetros por hora como pensando que era ahora o era nunca. No lo detuvo ningún «¡hey!», ningún «¡cuidado!». No lo detuvo el ruego «por favor, Max, por favor, vamos un poco más despacio» que le soltó su hermano a punto de berrear. No lo frenaron ni lo distrajeron los golpes que empezó a dar su mamá allá atrás en el remolque: «¡Paren!», «¿qué están haciendo?», «¡Maximiliano!». Quizás fue que el silbido estrangulado del espanto, que a veces iba adentro de él y a veces junto a él, se tragó el ruido de los ladridos de los perros salvajes de las fincas y los chillidos de los pájaros negros que se lanzan sobre los belemitas: todo le sonó a «acelere, niño, que usted es el héroe de esta pesadilla».

Si uno ve a Belén del Chamí desde el final del cielo, como un ángel o un demonio que va camino a otra parte, lo primero que hace es preguntarse cómo sucedió ese claro polvoriento entre la selva prieta, esa arenera entre los muchos verdes de los árboles y las orillas y las montañas, esa zona ceniciento que se ha tragado vivos a tantos desprevenidos. Qué pueblo puede haber en semejante accidente. Por qué van esos hombres y esas mujeres de aquí hasta allá como una fila de hormigas descoloridas que sólo tienen en común a sus fantasmas. ¿Adónde iba ese pequeño furgón blanco de trasteos, que seguía siendo el vehículo de un hombre asesinado a quemarropa, cuando lo detuvo el inspector de policía en la boca del pueblo?

Max llegó a pensar en pasar por encima de la figura que estaba ordenándole que parara, el agente Sarria, pero frenó en seco como cuando Dios responde un ruego.

¿Y ahora cómo iban a escaparse? ¿Y cómo iban a hacer para que la mamá despertara de esa locura? ¿Y si esa mujer delirante iba a ser su madre de ahora en adelante? ¿Y si lo único que les quedaba aparte de morir fuera el odio aplastante y asfixiante de ella?

Nadie quería al agente Sarria. Nadie a kilómetros a la redonda. Ni su propia madre porque le había robado a su padre. Ni la gente que le pedía su ayuda porque sabía que luego había que pagarle. Pero había que hacerse el que sí: «Buenos días, señor agente, cómo está», «gracias, señor agente, lo que usted diga está bien». Era mejor guardarse el asco porque su vocecita aguda y su cabello grueso peinado con gel y sus manos morcilludas y su fundillo pesado y su tamaño de niño —un metro y cincuenta y cinco centímetros— lo convertían en un monstruo escalofriante: Sarria perseguía a las putas y a los viciosos, a los rateros y a los cómplices de los marxistas leninistas, pero los dejaba en libertad si estaban de acuerdo en que él se quedara con todo.

Sarria se quedaba con lo robado. Sarria, el caradura, se guardaba la yerba porque lo incautado era suyo: «Y qué…». Sarria, el incutrino, se calmaba si las mujeres grandotas y los hombres flaquitos se dejaban tocar un poquito: «Cinco minutos», les decía.

—Buenos días, los señores, qué bueno verlos por acá —les dijo luego de carraspearse el camino hacia su voz de nulo.

Se paraba allí todos los sábados para sorprender y humillar y someter y explotar a los incautos: «Yo si acaso, si acaso, lo dejaría ir a usted si me paga una penitencia». Cualquier cosa le servía: un paquete de cigarrillos, una botella de ron, un billetico de quinientos pesos, un ruego de rodillas, una chupada. Soltaba algún monólogo sobre lo importante que había sido para el pueblo haber recuperado la autoridad, sobre lo cercano que era él al comandante Triple Equis, José Gregorio Saldarriaga, que se había hecho su nombre por pornógrafo y su fama por matar a un cura a machetazos, y luego se volvía un enemigo. Y qué iban a saberlo esos dos huérfanos si su padre, el mudo muerto, había preferido no contarles a quién había que darle plata en Belén del Chamí para que dejara de joder.

—Estaba pensándolos justo en este momento —se inventó.

Quería saber cómo estaba la mamá. Si se sentía un poquito mejor, la bella doña Hipólita Arenas, después de un mes de pesadillas. Si ya era prudente hacerle una visita de pésame o si era demasiado pronto para prometerle que nunca iba a tener que cargar sola semejante congojo si él seguía con vida y con salud. Quién podría saber si era nomás una presumidera esto de querérselas cuidar —les dijo— o si el Señor les tenía para dentro de un tiempito la sorpresa de que el agente Sarria era su padrastro: cosas peores y cosas más raras han pasado desde aquí hasta el río Muerto, ¿no?, por qué no puede una mujer de menos de cuarenta años empezar una nueva vida con un hombre que recibe su salario mes por mes.

—¡Maximiliano! —gritó Hipólita, atrás en el remolque, mientras empujaba las puertas del furgón.

El huérfano mayor abrió los ojos como quien cae en cuenta de un olvido. Se bajó del camión de un salto y, seguido por ese policía despiadado que sin embargo era más bajo que él, se fue hasta las puertas para abrírselas a su madre. Qué cara de demonio traía de allá adentro. Qué mueca de rabia y qué ganas de venganza y qué mirada de reojo dejó escapar apenas pudo: allí mandaba ella y nadie más. Dijo «qué está pasando acá, Maximiliano» antes de caer en cuenta de quién estaba detrás de su hijo. Pisó el camino de pronto, ayudada por la mano de aquel agente que le había dado asco a primera vista, como si fuera a gritarles a todos hasta ponerlos blancos. En cambio respiró mejor, pensó mejor, y saludó al policía con el desparpajo de una mujer que ya no teme.

—Yo quería hablar con usted hace rato —dijo, con una sonrisa que era una disculpa, con el fusil al hombro—: yo no me puedo morir sin confesarme con usted.

Siguieron el camino a Belén porque adónde más iban a ir. El sol se había quedado con el cielo aguamarina como si ese sábado 29 de febrero no fuera a moverse del pueblo. Las últimas casetas de madera a la orilla de la carretera, el montallantas, la tienda de las mecedoras, el «todo a diez pesos», la juguería y la peluquería ya estaban llenas de personas: Genaro estaba acostado bocarriba trabajándole a su moto con un trapo rojo en el pecho; el Compa andaba de cachucha fucsia dándoles consejos con el dedo índice a las dos niñitas de Sixta; el borracho del puesto de salud, Cosme, miraba al piso porque tenía vergüenza, y el viejo Policarpo iba en el lomo de su rucio, con el sombrero vueltiao mal puesto, repartiendo anécdotas que todos se sabían de memoria.

Entraron al pueblo a las nueve de la mañana más o menos. Se habían acomodado los tres en la cabina del furgón porque, después de la encerrona, después de los trancazos y los frenazos, Hipólita —dijo— ahora sí quería saber qué estaba pasando todo el tiempo: «Ustedes no hagan nada que yo no les diga…», repitió hasta que los niños acusaron recibo de la frase. Detrás de ellos, detrás del camión que la gente del pueblo veía como una carroza fúnebre, venía en su moto estentórea el señor agente Sarria. Habían quedado de irse hasta la Plaza del Pan a tomarse una taza del café aguado, amarguísimo, rarísimo, que habían estado tratando de producir en la finca de don Eudoro Varón. Habían quedado de verse en El Café del Compadrito, pero luego habían pensado que mejor era Pandora.

Y los transeúntes y los tenderos y los guardias camuflados entre los descamisados, y las señoras de la miscelá-

77

nea y los vagos, empezaron a señalar el camioncito blanco que iba llegando a la plaza como señalando al muerto: «Ese es el furgoncito del mudo, ay…», dijo Zoila, la peluquera trasquiladora, que en aquella época no se callaba una sola de sus necedades, de sus butifarradas.

Y Max se puso a pensar «pero yo por qué habré pensado que íbamos a poder pasar de largo».

Y Segundo, que solía temer, con un temor que era suyo nomás, cuando se veía rodeado de verdugos, empezó de golpe a resignarse al miedo.

El sol ponía cada vez más verde el cielo como diciéndoles que se fueran acostumbrando porque no iba a volver a llover hasta la noche. Los pájaros azules se paraban en los cables de los postes de la luz a la espera de una orden. Los tres perros callejeros que dormían por ahí, que eran los chandosos del pueblo y ya dentro de poco morirían, recorrían el lugar de panadería en panadería a ver cuál de todas les lanzaba un pedazo de galleta. Eran las 9:11 a.m. en el tablerito electrónico nuevo de la droguería. Faltaban un poco menos de tres horas para que comenzara la ceremonia en el templo. La plaza estaba llenándose de enemigos de enemigos, de odiadores de odiadores, como si fuera a suceder una revuelta.

Maximiliano parqueó el furgón a los frenazos, como mejor pudo, donde el agente Sarria le ordenó que lo parqueara: en la acera sumida y rota frente a la miscelánea El campesino. Segundo dijo en vano, porque lo dijo entre dientes por si acaso, que una de las llantas traseras —la que además estaba bajita de aire— había quedado montada en el andén. Hipólita, que venía tarareando «ya viene la mujer que yo más quiero por la que me desespero y hasta pierdo la cabeza», como si uno pudiera tararear antes de hacerse matar, volvió a susurrarles «ustedes dos callados que yo hablo por los tres» antes de darles permiso para bajarse. Bajó ella de primera, para darles ejemplo, poniéndose las gafas oscuras de estrella de la televisión: «Bajen, bajen», insistió.

Se había habituado más de lo cuerdo a la luz del encierro. Se había desacostumbrado a la gente: «¡Ya salieron las mogollas con pasas!», «¡mogollas con pasas!». Quería ver qué cara hacían cuando notaran que llevaba los pantalones y el cinturón de su marido. Tenía por seguro que iba a recibir pésames hasta que la mataran. Y se fue a la panadería de la esquina de la ceiba, con un niño asustado en cada mano, dándoles las gracias —«gracias, vecina» y «gracias, comadre» y «gracias, patrón»— a las miradas que se fue cruzando.

Se metieron en la panadería Pandora, de doña Dora Truque, que en el toldo de lona azul se leía Pan'Dora. Se sentaron junto a las neveras en donde estaban los cruasanes, las mantecadas y los panes blanditos, en una de aquellas mesas de aluminio que en ese entonces brillaban, y al principio el agente Sarria no hizo sino quejarse por todo: porque tenía el frío traicionero de la nevera de las paletas subiéndole por la columna vertebral, porque le dolía la nuca como una cuchillada trapera por haberse quedado dormido anoche en la silla mecedora de la pieza, porque tenían puesta *Sopa de caracol* a todo volumen, «guatanegue consup / yupi pa' ti, yupi pa' mí / luli ruami guanagá», y si algo le daba rabia a él era el ruido.

—Con lo bueno que es el silencio —dijo.

Y sintió entre las fosas nasales una resequedad, como una costra de sangre pegada al hueso, que quizás era la obra del espanto.

Después hablaron de lo que tenían que haber hablado hacía tanto: del crimen cobarde del mudo Salomón Palacios. El agente Sarria les preguntó si era cierto que les habían masacrado al papá a unos pasos de la entrada de la casa, si era verdad que los asesinos eran cuatro encapuchados y si a Maximiliano y a Segundo les había tocado cargar el cadáver hasta la casa: «Sí», «sí» y «sí». Pidió luego que le contaran desde el principio hasta el final cómo había sido el funeral a escondidas, que, según estaban diciendo, era la razón principal por la que el sepulturero Caicedo había aparecido bocabajo en el río. Y, cuando Hipólita dio su versión de la tragedia, cuando soltó su «y ya no confiamos en nadie…» que era lo que sí quería decir, Sarria trató de hablar con la mamá en privado.

—No se preocupe, señor agente, que mis hijos están preparados para oír todo lo que sea —aclaró ella de una vez por todas—: es que mis hijos son más viejos que yo.

Dio rodeos. Pidió una vez más que bajaran el volumen de la música, hombre, porque el ruido lo iba a terminar de enloquecer: «Te quiero más / te, te quiero más». Se embutió pedazos de pan y tragó tinto como una máquina para aplazar sus palabras: «Un momentico…». Y se soportó a un hombre que le preguntó, desde el otro lado de la panadería, por los volantes pegajosos que la gente del Bloque Fénix había estado deslizando como sentencias de muerte por debajo de las puertas: «Pues yo he estado pensando que los que no seamos raros no tenemos nada que temer», dijo él como si fuera un humilde belemita y nada más. Tuvo que decir lo que tenía que decir porque Hipólita, que no dejaba pasar el mundo en vano, le preguntó al fin qué era.

—Que yo quería decirle, señora Hipólita, que no es necesario para usted andar por ahí con un fusil.

Siempre, desde la primera vez que apareció por Belén del Chamí, el engominado agente Lizardo Sarria había tenido cara de marrano, pero en esa mesa de aluminio, forrado en un uniforme que le quedaba justo, sí que se veía como un monstruo con fosas de jabalí que no lograba estarse quieto. Sólo sabía gritar con su vocecita de niño: era eso. No podía echar a andar una conversación que no fuera un interrogatorio humillante. No podía concentrarse durante más de cinco minutos ni tenía idea de ser humano. Fingía que estaba escuchando, pues de nada le había servido, cuando niño, perder el tiempo en lo que le estaban diciendo. Y entonces se veía frágil, nervioso, más repugnante que nunca, pobre, rascándose las fosas con la palma de la mano, tratando de caerle bien a Hipólita.

—Pero qué me dice usted, señor agente, de la circular que los matones esos nos mandaron por debajo de la puerta —le preguntó ella como preparando el terreno para su monólogo.

—Pues es que para eso es que estamos, mi señora Hipólita, para eso es que estoy yo.

—¿Para recibirnos las denuncias que tenemos?

—Para que no le toque a usted cargar el fusil —le aclaró la vocecita de Sarria haciendo lo imposible por ganarle en ruido al ruido que venía de los parlantes: «Tu pum pum, mami, mami, no me va a matar...».

—Pero es que estos hijueputas no respetan ni a Dios, don Sarria: mire cómo fueron capaces de matar al papá de estos dos niños aquí presentes.

—Primero que todo, Hipólita —dijo él señalándole los parlantes, en vano, a la dueña de la panadería—, yo no entiendo usted por qué es que no me dice Lizardo.

—Porque hasta ahora me sé cómo se llama —le soltó ella saboreándose lo que estaba pasando porque además tenía claro lo que estaba por pasar.

—Y segundo que todo: cuando uno los conoce a esos guerreros, que lo que son es soldados de la patria, cae en la cuenta a la primera de que ellos no son el enemigo.

Fue en ese momento cuando Hipólita se lanzó a acusar al agente Sarria, que se rascaba la nariz de cerdo y se veía humano y expuesto como un villano desnudo, de haber sido el mensajero que deslizó el panfleto de los asesinos en la madrugada, de no ser nada más que el sacamicas del comandante de las tropas que tenían sitiado el pueblo, de haberles dicho a los unos y a los otros, desde antes de la ejecución de su marido, que él se quería quedar con ella porque así de quebradoras era que le gustaban las mujeres.

Pero Sarria no escuchó nada, porque la señora Dora, la dueña del lugar, le entendió que le subiera el volumen a «tu pum pum, mami, mami, no me va a matar...», hasta que se levantó él mismo a apagar esa música que estaba era dándole ganas de ponerse a disparar.

Dio un golpe en el lomo del equipo de sonido: ¡tan! Respiró hondo a ver si quedaba algo de aire entre ese calor.

—¿Me repite lo último, si me hace el favor, que si le soy sincero no le capté sino «panfleto»? —preguntó él, apocado como un enamorado, como un incurable, regresando a la mesa bajo la mirada de los demás clientes.

—Que con todo respeto yo siempre he sabido que el enemigo es usted —le dijo ella.

Cuando uno nace en Belén del Chamí aprende desde niño a enmudecerse de golpe. Es el arte de tragarse las palabras justo a tiempo: glup. Está usted en la plaza buscándose algo para tomar o regalándose la tarde cuando de pronto pasa un hombre con un crucifijo o un encapuchado con una metralleta: glup. Se sienta en el único billar que queda en el planeta a tomarse una jarra de cerveza y a armarse la locura de la noche —«el jojorojó», decían— para probarse a uno mismo que no vale la pena escaparse del pueblo: adónde. Y entonces llegan a oficiar una matanza un par de bestias sanguinolentas con brazaletes tricolores y botas de patriotas y uniformes camuflados como si de verdad fueran soldados. Y lo que viene es tragarse el padrenuestro y lo que sea.

Así era el sábado 29 de febrero de 1992 y así es. Hipólita le volvió a decir al agente Sarria, en un silencio súbito y sucio que quizás era el espanto de su marido, «yo siempre he sabido que el enemigo es usted». Y Sarria, que tenía siete enemigos por cuadra por lo menos, le entendió primero lo contrario y luego se quedó mirándola como si fueran los últimos segundos de su vida: «Y ahora viene un disparo en la nuca…». Entonces, ya que no vino el pepazo allá atrás ni se fue la luz por última vez, Sarria se puso de pie de un salto: «Se resortó…», decían. Dio un paso al lado de la mesa, se santiguó, que era su tic, y se puso a mirar a los ojos a todos los clientes que estaban en la panadería a las 9:49 a.m. y empuñó el revólver por si acaso.

—Yo sé que usted lanzó el papel por debajo de la puerta —le volvió a decir Hipólita poniéndose de pie con el rifle colgado en el hombro.

Dio pavor. Si algo le había aprendido a su padre, que poco más le había aprendido a ese señor, era que una voz en paz daba todavía más miedo. Y, sin subir la voz ni un poco, se puso a decirle al agente —lo dijo sin perder la compostura, pero todo el mundo se lo escuchó— que siempre, siempre se había preguntado en dónde guardaba las drogas que les quitaba a los jíbaros, las platas que les decomisaba a las putas en la entrada empinada del pueblo, los cadáveres de los muchachos que un día desaparecían porque sí. ¿Cuántas veces había tenido que sacarse la sangre de las uñas? ¿Tenía espejo en la cama? ¿Dormía con el revólver entre las piernas? ¿Entreabría la puerta de la casa antes de abrirla? ¿Qué días se sentaba a hablar, y en dónde se sentaba, con el comandante Triple Equis?

—Con todo respeto: nadie aquí se lo va a decir, porque nadie aquí quiere matarse, pero usted no va a morirse de viejo —le dijo, a media voz, Hipólita.

Si no lo mataba el uno, agregó, seguro que sí lo mataba el otro. Si no lo mataba el papá de la negra que violó allí nomás en el baño del billar que dizque porque andaba de fiesta, el cabrón, seguro que sí lo mataba la mamá de los tres muchachos que orinó en la cara porque los descubrió tomándose una botella de trago en el callejón del mercado. Quizás lo más práctico era que ella misma, Hipólita, le pusiera el rifle entre la boca: ¡glup! Podía concederle un último deseo como en las películas. Podía leerle sus cargos: por meterle miedo y bala a este pueblo. Y luego obligarlo a morder el cañón del arma y apretar el gatillo y estallarlo. ¿Y quién lo lloraría si ni siquiera los perros se le acercaban? ¿Y quién lo iba a enterrar si había matado él mismo al enterrador?

—Eso que está diciéndome usted a mí es muy grave —contestó el agente a la andanada—: yo puedo encerrarla seis años por eso.

Segundo sintió que iba a mearse allí enfrente de todo el mundo, y quizás lo hizo, y le quitó la mirada a la realidad porque no pudo más con todo aquello. Maximiliano en cambio se puso a mirar a su madre: sintió orgullo y sintió miedo, y recordó que así era que era ella, cuando le vio la cara iluminada de mujer que no va a dejarse joder por nadie y es capaz de matar y de hacerse matar con tal de hacer justicia. Hipólita estaba brillando, Señor, ojalá no le pasara nada, ojalá que no. Se veía rejuvenecida con las cejas altas y tensas y clavándole el dedo índice en el pecho. No titubeaba. No se ponía roja. Apenas carraspeaba cada tanto porque tenía la garganta tan seca como los labios. Y seguía y seguía sacándole al agente a la luz todos sus desmanes.

—Yo en momentos como estos es que más me alegro de no ser una mujer —le respondió la bestia acorralada—: porque uno nunca puede ser una puta.

—¡Mentira! —gritó Maximiliano listo a enfrascarse en una última pelea a muerte.

—¡Quieto! —pidió Hipólita a su hijo abriendo y levantando la palma de la mano—: eso es lo que este quiere.

—Yo le apuesto que la gente aquí presente no sabe cómo se ganaba usted la platica.

—Yo nací acá, señor agente, yo estaba acá primero: todo el mundo acá conoce mi vida, obra y milagros —le dijo mirándolo a los ojos.

—Era una prostituta ganosa y sucia que cobraba más si se la pichaban por detrás —le respondió él fijándose en un pobre viejo que de inmediato le quitó la mirada aterrada.

—Y yo es que creo que ser puta es ser usted.

—Ojo con lo que está diciendo.

—Ser puta es abrírseles de piernas a los matones cobardes que andan por ahí.

—Yo estoy facultado por el Estado colombiano para encerrarla hasta que lo considere necesario.

—Y es matar por la espalda a la gente que se niega a dejar de hacer su trabajo, como el mudo, y es encerrarse con los niños que le tienen miedo a preguntarles cómo quieren que los castigue, pero dígame yo pa' qué pierdo tiempo diciéndoles a ustedes lo que ya saben: pa' qué.

—Cállese ya que lo único que está logrando es que le queden grandes esos pantalones —insistió sacándose el revólver de la funda—: ¡cállese!

—Pa' qué seguir enumerándole las porquerías cuando yo sé que Dios va a cobrárselas una por una.

No es bueno mentarle al Señor a nadie en Belén del Chamí. Se supone que todos los belemitas están allí porque allí vive un Dios de primera mano. Se supone que todos tienen claro que con Dios no se juega. Pero el agente Sarria, que no llevaba tanto tiempo sometiendo a los que no fueran como él, no se ofendió porque fuera un asesino piadoso, sino porque entendió que aquella frase era la peor ofensa de todas. Quiso disparar. Qué importaba pegarle un tiro a esa mujer en el centro de la frente y después balearle a los dos hijos enfrente de toda esta gente. Quién iba a decirle que no. Cómo más iba a deshacerse de esas ganas de verles los ensangrentados cuerpos sin alma en el piso. Qué ganas tenía de patearles los cadáveres.

Pero la señora de la panadería, doña Dora, se fue hasta él a pedirle que se calmara y que se fuera.

Y los niños del mudo, que le tenían clavada la mirada de rabia y de miedo que ponen las víctimas, se abrazaron a la mamá como diciéndole que si él iba a matarla mejor los matara a los tres al tiempo.

Y cuando lo vieron apretar los dedos sobre el mango del revólver, porque le enfurecía y le emputaba que los que iba a matar le cerraran los ojos como condenándolo al infierno, los hombres y las mujeres que estaban en el lugar se pusieron de pie a gritarle «¡fuera!, ¡fuera!».

Todo el mundo lo cuenta como lo estoy contando: la gente que estaba desayunando en la panadería, y ciertos transeúntes que andaban por la plaza buscándose su sábado, fueron sumándose hasta volverse una muchedumbre que acorralaba y empujaba al hombre que los había humillado como humillaba a los perros rucios. Sarria se vio golpeado, partido y muerto, y se cubrió las güevas porque pensó que lo demás sanaba, y el pobre viejo que había estado quitándole la mirada soltó una risita que se les pegó a un par más. Y entre las ofensas y los empujones, «¡maricón!», «¡bujón!», notó que alguno de esos salvajes le había quitado el arma de dotación. Y entre las risas y los gritos, «¡fuera!, ¡fuera!», quiso gritarles que iba a matarlos a todos, pero tenía la voz hecha un soplo.

—Cuídese, perra, que la policía de la patria tampoco tiene por qué cuidarla a usted —fue lo único que se le ocurrió cuando se vio en la plaza rodeado de locos con palos.

Tosió porque se le metió el espanto en el paladar y la garganta y los pulmones. Dio una venia dolida e involuntaria, como lidiando un retorcijón de envenenado, convertido de nuevo en el niño que recibió un balonazo en el estómago en la cancha de tierra de la escuela, ay, ese niño cruel y estúpido. Soltó babaza y soltó sangre. Y luego sintió que los puños no le cerraban porque quizás, aunque no lo imaginara porque lo suyo no era la imaginación, llevaba adentro el sobresalto de la parte invisible del mudo: llevaba adentro un espectro atrapado, por decisión propia, en este infierno pavoroso en el que hemos de tener calma mientras logramos dormir, y hemos de amar lo que se deje amar y lo que no, y es menester superar lo insuperable.

Malaventura: así llamaban al infierno —a eso de morir y perderse por el camino y acostumbrarse al extravío— los padres de los padres del borroso Belén del Chamí.

Quiso seguir siendo el agente Sarria. Se arregló las solapas y se estiró el uniforme y se metió la franela entre los pantalones. Se sacó de la ropa el collar de oro blanco que había comprado en Buenaventura. Se tragó la andanada que tenía en la cabeza: ¡glup! Y les hizo con la mano una señal que significaba «esto no se va a quedar así».

De dónde habían salido esas víctimas envalentonándose y puyándose las unas a las otras: no tenía la menor idea, no, pero lo mejor era dejarlos atrás porque desde la Biblia no hay nada peor que una jauría de malagradecidos. Se fue entonces. Dio la vuelta a la primera esquina que se encontró allí en la plaza. Y, apenas desapareció de la vista de la multitud —que pronto, desgranada y de vuelta en la realidad, recobraría el miedo—, la gente se acercó a la viuda Hipólita y a sus dos hijos a preguntarles cómo se sentían. Y ella les dijo «bien, bien» y «es que uno no puede vivir asustado» para salir del paso. Y no sentía miedo por lo que acababa de pasarle, sino rabia y desazón porque ya sólo le servía matarse.

Acostumbrarse a un miedo es como acostumbrarse a la oscuridad de una habitación. Primero está uno entre el negro, entre lo negro: los viejos del pueblo siguen hablando de «la cerrazón». Luego esa pared de sombra en donde se respiran y se tragan espantos se va volviendo un velo, y ese velo se va disipando, como probando que era humo, para que se vean los bordes de las cosas y se vean las cosas. Entonces hay aire y el lugar deja de ser una amenaza. Empieza a tenérsele miedo a lo que se ve después de haberle temido a lo imaginario. Quizás sea mejor ese sobresalto porque es un agobio con márgenes, con límites, porque se sabe, como empezó a saberlo Segundo, por qué se está temblando.

Hipólita, su madre, estaba más que lista a hacerse matar con los pantalones y con el cinturón del papá puestos. Maximiliano, su hermano mayor, iba a agarrar ese fusil la próxima vez que alguien se atreviera a insinuar siquiera que la mamá era una puta, que no lo era y si lo hubiera sido igual sería la mamá. Se les oía por ahí, a los unos y a los otros, la ansiedad: «Ay, mijo, en qué se metió usted ahora». Se les oían las ganas de correr: «Yo creo que es mejor salir de aquí ya». Porque el arrojo se va agotando, también, como la oscuridad, se va esfumando y se va poniendo gris hasta volverse sensatez y volverse cobardía: ¿en qué momento les había parecido una buena idea enfrentar al matón del agente Sarria?, ¿por qué mejor no lo habían desnudado y linchado y despernancado allí en la plaza?

Pero Segundo, el hijo menor del mudo, que podía ser el niño más consciente y más miedoso del mundo, cambió el miedo a lo que iba a pasar por el miedo a lo que estaba pasando, el miedo a los espantos por el miedo a los vivos, y era el único de los tres que parecía cómodo entre la zozobra y hecho a la incertidumbre. Puede que «cómodo» fuera mucho decir pero sin duda «hamacado»: resignado y hecho a las olas.

Nada iba a ser su decisión. Estaba condenado a lo que les iba a pasar fuera lo que fuera. Si ella seguía con el cuento de que lo mejor era que los mataran, porque suicidarse en cambio no le sirve a nadie y el suicida no es lo mismo que el mártir, entonces a él le iba a tocar morirse. Ojalá no le doliera. Ojalá no le entrara una bala en un ojo ni le abrieran el estómago con un machete. Ojalá fuera como una palmadita en la espalda, como un dedo índice pidiéndole que se diera la vuelta, y ya: la muerte. Y que todo fuera para bien, para estar juntos, comiéndose el arroz con pollo y los huevos revueltos de los fines de semana, sentándose a ver *Ana de negro* los cuatro, en una casa en el cielo como la casa que tenían fuera de Belén del Chamí.

«Si ustedes se mueren, yo me voy con ustedes», les dijo Segundo a los otros tres una tarde, «les agarro una mano y nos vamos». Y sí: para qué iba a vivir si los demás no estaban.

—¿Y ahora qué vamos a hacer? —les preguntó a su mamá y a su hermano como preguntándoles «¿y ahora quién va a matarnos?».

Ya eran las 10:49 de la mañana. Faltaba poco para que empezara la ceremonia de los sábados en la Iglesia Pentecostalista del Espíritu Santo allí mismo en la plaza. Seguían rodeándolos los belemitas envalentonados, acomparaos, que, a pesar de las ganas de matarse de Hipólita, los habían salvado de la ira del agente Sarria. Eran menos. Algunos ya habían comenzado a pensar que se habían metido en un lío: ¿y si los demás se van echando para atrás y si los demás me van dejando solo y si los demás me sapean esta tarde con el Bloque y si los demás les dicen «yo no fui: fue ella» a los matones? Pero unos veintidós, veintiocho, treinta compadres seguían escoltándolos porque qué iban a hacer esos hijueputas: ¿matarlos a todos?

El sol era el aire. No era nada fácil respirar. Daban ganas de despertarse en otra hora y otra parte.

Y Segundo se agarraba de la mano de Maximiliano, así su hermano mayor odiara que lo hiciera, porque tenía claro que se habían salvado de una muerte, pero no de la muerte. Conocía el miedo de memoria: la cara roja, el frío entre los huesos, la mandíbula desencajada. Sabía cerrar los ojos y encerrarse a sí mismo en su propia oscuridad y su propio silencio, y sabía esperar, con los labios pegados y los dientes apretados, a que pasara la rabia y acabaran de pegarle, y marchaba con el grupo aunque ese miedo fuera pavor y no tuviera solución ni tampoco asidero. De pronto era el espanto el que estaba revolviéndole el estómago, y entiesándole las piernas y engarrotándole los hombros, porque esta parálisis no era la de siempre. Pero él sólo pensaba en ir a buen paso, delante de la turba, para que nadie lo pisara.

Y preguntaba y preguntaba «¿y ahora qué vamos a hacer?» para que la mamá, de pura agotada, le diera una respuesta.

—Pues vamos pa' la iglesia: ¿adónde más vamos a ir? —le dijo ella como diciéndole «Segundo: ahora no».

Y él se puso a pensar que estaría de Dios escampar, en el templo, del sol y de la cochineza de todo y de la locura de su madre.

Las puertas bajas de la iglesia, que tantos tenían que agacharse para pasar por ellas, estaban abiertas de par en par. Ya estaban entrando las familias precavidas y cabizbajas y sudorosas listas a rendirles cuentas al Señor y a sus pastores. Ya andaban por ahí los tres perros pelados y polvorientos que nadie había podido saber dónde dormían desde que habían asesinado al mendigo que fue su dueño. Sonaban los acordeones y las cajas de las jugas probándose, allá adentro, antes de empezar. Se oían frases sueltas entre la marcha de los fieles: «¡Ajo!», «¡compa!», «¡al bunde, al bunde!». Y Apolinar, el loco que más bien parecía bobo, ya estaba parado debajo del marco de la puerta esperándolos a todos como siempre: «Pasen, pasen», «sigan, sigan».

Hipólita dijo a sus hijos «vamos, vamos», arrastrada por la corriente de los devotos, porque no supo qué más hacer. Contestó los pésames tardíos y los ánimos mientras avanzaba por el pasillo de la iglesia en busca de tres sillas vacías. Sonrió una y otra vez cuando le señalaron los pantalones y el cinturón de su marido. Fue claro, al menos lo fue para sus niños, que ella no estaba mirando adelante, sino adentro. Que no estaba saludando a la señora de al lado, a doña Librada, que hacía turrones y cocadas y chancacas y jaleas de árbol, sino pensando «y ahora qué» y negándose a seguir con su vida porque qué vida iba a tener. Cuidado. Silencio. Vayan despacio porque su propia madre puede enloquecerse en cualquier momento.

Vayan paso por paso, listos a tragarse el movimiento que sigue, porque puede abrirse el piso de repente.

Se sentaron en la quinta fila desde adelante hacia atrás. Se sentaron juntos, los tres, en este orden: Hipólita y Segundo y Max. Max respondió las preguntas del señor que le tocó al lado, Wenceslao el mecánico todero, que olía a colonia de yerbabuena, como sospechando que esa ceremonia —quizás una frase del pastor, tal vez un testimonio de algún tullido de atrás, acaso un encuentro inesperado con una de esas amigas de cuando eran niñas— podía cambiarlo todo: «Sí señor», «sí ha estado triste», «sí ha estado haciendo mucha falta», fue mascullando sin dejarse mirar a los ojos. Tenía claro que su hermano menor le estaba buscando la cara para confirmar qué les iba a pasar. Pero lo evitaba porque estaba cansado de explicárselo todo.

A veces se cansaba de Segundo, sí, cómo podía un niño estar resignado a la muerte, cómo podía un hermano suyo ser tan debilucho y tan inútil.

Él no iba a cargar con Segundo así como era, así como había sido, cuando le pegaran a su madre el disparo que se estaba buscando. Si su hermanito menor quería estar con él, mejor dicho, tenía que dejar de ser la carga que había sido desde el principio. Por más tentación que le diera, que la tenía como un saborcito raro en la boca, no podía dejarlo abandonado con los pastores pentecostales ni encargárselo a los vecinos mientras él conseguía algo en la ciudad: ¿qué iba a hacer ese niño sin él? Pero iba a tener entonces que volverse un hombre de verdad. No más rezadera. No más lloradera. No más caras de miedo que no sirven para nada. A trabajar. A portarse como se han portado los varones.

Bueno, eso si todo salía como él estaba pensando ahí, en la quinta fila de sillas de la iglesia, que iba a salir.

Su pobre madre iba a hacerse matar: ¡pum! Iban a verla ahí, tirada en el piso como su ropa cuando se va a dormir, con un hueco de sangre en vez de un ojo y una mueca como la mueca que había quedado en la cara del papá. Segundo iba a cerrar los ojos y los dientes e iba a ponerse a llorar como esperando su turno. Y él iba a gritarles a los soldados, porque iban a ser dos o tres soldados haciendo simplemente su trabajo, que a ellos dos los dejaran vivir, que ellos dos no tenían nada que ver con ese cojongo, con ese embrollo. ¿No? ¿No era una buena idea? ¿No era lo más probable que no los acribillaran al tiempo? ¿No era lo más seguro que la mataran a ella y después pensaran unos segundos si era mejor salir de ellos también y luego los dejaran ser un par de huérfanos más?

Los postigos de las ventanas de la iglesia se abrieron como si hubiera pasado un ventarrón esa mañana que ni aire había. Sonaron los acordeones solos, como flautas sopladas, sobre las sillas altas de madera donde se sentaban los músicos. La lámpara que colgaba sobre el altar, que le daba al templo cara de parodia, se volvió un péndulo, pero sólo unos cuantos la señalaron.

Y sólo un par, que había ido adonde los Palacios a decirles que no se merecían haberse quedado sin padre, pensaron que quizás fuera el espanto.

Que entonces se fue. Tuvo que irse, tuvo que ser, porque sus tres abandonados sintieron escalofríos y espasmos, sintieron que estaban solos en ese pueblo lleno de verdugos. Viajó entre las partículas de la luz lo que era él, lo que era y es el mudo, hasta llegar como un presagio a la cueva de la bruja Polonia. Ella dice que estaba haciendo el crucigrama de una revista vieja que le habían traído de la ciudad, y estaba escuchando en la radio las canciones románticas que en esos tiempos eran comunes («si no te hubieras ido sería tan feliz…»), cuando sintió que le quemaba los dedos el lápiz verde que había tajado hasta la mitad. Dice que le dijo «váyase, Salomón, que ni usted ni yo podemos hacer nada». Dice que se paró a espantarlo como a una mosca.

Podía durar cuatro horas esa ceremonia maldita. Podía acabarse a las dos y media de la tarde cuando se alargaban los testimonios de los tuertos y los cojos y los torturados que vieron la luz. Si el pastor Becerra se ponía a contarles alguna de sus historias de la guerra, a su ritmo de fiera cansada, podían quedarse hasta las tres. Si la gente se animaba con las canciones y se servía un lechón, que casi siempre pasaba, podía irse hasta las cuatro. O sea que en el peor de los casos tenían unas buenas horas más de vida. Hipólita podía ir tejiendo un nuevo plan. Maximiliano podía irse imaginando todas las maneras de salvar las vidas de los tres y de escapar del asunto. Segundo podía rezar y asentir, Señor Dios, como preparándose para lo que tenía que ser y tenía que pasar.

Por lo que pasó, por el juicio y el duelo a muerte que se dieron, todo el mundo en Belén del Chamí recuerda esa ceremonia paso por paso.

Los Tentempiés, que así se llamaban los músicos que abrían la celebración por esos días, comenzaron con «un grande nubarrón se alza en el cielo…» y sonó grave y sonó a misa, pero algunos se pararon a menearse con las manos hacia el Señor. Siguieron luego con un padrenuestro que a los belemitas les gustaba cantar a voz en cuello, «padrenuestro tú que estás / en los que aman la verdad / haz que el reino que por ti se dio / llegue pronto a nuestro corazón / y el amor que tu hijo nos dejó / habite en nosotros», porque el pastor les había dicho desde la primera vez que su labor era «romper el hielo de los corazones». Llamaron después a las lavanderas cantaoras para que entre todos entonaran lo que entonaban ellas cada vez que pasaba un cadáver por el río Muerto: «Gracias a la vida / que me ha dado tanto...».

Y, como la gente se vio sobrecogida e inmóvil, decidieron seguir con «demos gracias al Señor / demos gracias / demos gracias al Señor».

Iban a ser las doce en los relojes de todos cuando apareció la pastora Tadea, la hija de Becerra, a hablarles de lo que estaban llamando «la transición»: el imperio innegable del Bloque Fénix.

No dijo nada que no hubiera dicho antes: que el fin del toque de queda, que había sido una de las medidas férreas de la guerrilla revocadas por los comandantes del Bloque, no podía transformar ahora a Belén en Sodoma; que las mujeres siguieran vistiéndose con recato; que nadie que no estuviera en negocios raros ni en beligerancias comunistas ni en malos pasos tenía por qué temer; que el comandante Triple Equis, que muchas veces había errado como erramos todos y se arrepentía de uno que otro arrebato y era bueno para olvidar sus locuras, había estado pidiéndole consejos al pastor para que hubiera alguito de paz en la región; que no había nada más importante para un ser humano —ni las ideas ni los gustos venían primero— que el hecho de que los hijos se durmieran a tiempo y en paz.

Tampoco cambió las palabras con las que siempre presentaba a su padre: «Y ahora de pie, damas y caballeros, porque aquí está con ustedes el pastor de todos...».

Eran las 12:15, 12:20, 12:25, más o menos. Se pusieron de pie, claro que sí, como si fuera su única oportunidad de mostrarle sumisión a Dios. Aplaudieron, clap clap clap, ¡bravo!, clap clap clap, hasta que el pastor Becerra los convenció de quedarse quietos: «Siéntense, siéntense». Se veía enorme pero sin aliento, como un buey negro y sudoroso, mientras avanzaba por la tarima de aquella iglesia que jamás había perdido su aspecto de galpón de guerra. Cada semana estaba más gordo. Cada ceremonia se veía más grande, más imponente, más parecido a una estatua suya de quinientos kilos de bronce. Se bamboleaba. Se quedaba quieto cada tanto como recobrando el aire o pensándose seriamente la posibilidad de morirse allí mismo.

Su hija se le acercó para secarle el sudor de la frente y decirle «una cosa nomás» antes de que empezara, pero él le arrebató el pañuelo como un niño egoísta —«dame eso», «ahora no»— porque odiaba haberse vuelto ese animal monstruoso que a duras penas daba pasos, pero odiaba todavía más verse impedido como los impedidos que subían a la tarima a curarse.

Y cuando iba a comenzar a hablar, que alcanzó a decir «el otro día yo mismo les decía que el Apocalipsis no es nuestro futuro, sino nuestro tiempo…», notó la presencia de Hipólita en el auditorio. Entonces bajó hasta el gentío sólo con su bastón, rechazando la ayuda que le ofrecieron sus esbirros y sus discípulos, pidiéndole al Señor que ninguno de sus pasos fuera en falso: «Padrenuestroqueestásenelcielo…». Dio palmaditas en las espaldas, golpecitos en las manos, bendiciones sobre las cabezas ladeadas. Y sin embargo todos los fieles tuvieron claro que estaba abriéndose paso hasta la quinta fila de sillas para decirles «el Señor está con ustedes…» a los deudos del mudo que nunca se negó a servirles.

Maximiliano y Segundo se pusieron de pie cuando se dieron cuenta de que el pastor venía hacia ellos. Pero Hipólita hizo todo lo que pudo para no levantarse, «gracias, pastor», dijo de lejos, hasta que el hipopótamo de Becerra le dio la orden «ven aquí».

Se aguaron los ojos de algunos, y se escaparon sollozos y jadeos, porque el pastor Becerra se trajo a la viuda hasta su cuerpo redondo, obeso, como permitiéndole seguir con vida, como librándola de tanto dolor. Hipólita se vio incómoda en un principio, tratando de apoyarse sobre la barriga pomposa del religioso como acostándose encima de un globo a reventar, hasta que se descubrió obligada a cerrar los ojos porque estaban subiéndole las lágrimas por la garganta. Dicen que no se entregó del todo al abrazo. Que ni su cabeza ni su espalda bajaron la guardia. Pero es seguro que alcanzó a gemir porque el predicador, para calmarla, le dijo por el micrófono «ya, ya: estás en tu casa…». Y es seguro que dio las gracias porque Becerra soltó un «yo lo sé…» que retumbó por el galpón.

Siguieron los aplausos. Vinieron los gritos: «¡Viva el Señor!», «¡viva Cristo!». Era como si todos los fieles hubieran recobrado el aliento y la fe. Como si hubiera terminado un episodio devastador al que nadie quería verle el principio sino apenas el fin. Y los rumores fundamentales de la vida —el destino, el cielo y Dios— fueran puras verdades. Qué alivio, Señor, qué paz.

El pastor Juvenal Becerra, hijo del pastor Pioquinto Becerra, confesor de las familias de Belén del Chamí, subió a los trancazos a la tarima como un actor dispuesto a devorarse a sus espectadores. Pidió una poltrona de cuero para empezar el sermón que los burlados y los dañados del pueblo solían esperar, ansiosos, toda la semana. Miró a los deudos del mudo mientras su hija al fin le daba la noticia en el oído. Se tomó una pastillita pequeña, «la del corazón…», con un vaso de agua que dejó en una mesa bajita. Se acomodó en la silla sin sentirse acosado por el silencio. Carraspeó. Conservó el pañuelo en una mano por si acaso, y se quedó mirando el sol, que entraba por las rendijas del tejado de asbesto, como pidiéndole a Dios que lo devolviera al monólogo justo donde iba.

—El otro día les decía, amigos míos, que el Apocalipsis no es lo que va a pasarnos, sino lo que nos está pasando; que el infierno no es el castigo que va a pasarnos, sino la condena que estamos pagando; que no entendieran la resignación como una derrota, sino como una virtud que tan pocos tienen, pero hoy quiero aclararles —explicó sentándose un poco mejor— que lo que he estado diciéndoles desde hace años es que incluso aquí mismo en la guerra hay que conservar la cordura: puede usted, amigo, amiga, encontrarse en las orillas del río Muerto los miembros mutilados y las reses destazadas y los viejos suicidas que ha habido por aquí, pero hay que seguir siendo cuerdos en este pueblo que queremos porque Dios santo bendito nos pone en los lugares que tenemos que querer.

Se puso de pie entonces porque eso era lo que hacía siempre después del principio. Se levantó clavándole el bastón al escenario, como un monstruo que es el dueño del circo, con los ojos entrecerrados para ver quién era quién allí entre el público. Y dejó caer el palo, tac tan tas, porque cualquier sanador sabe que debe empezar por sí mismo.

—Hemos vivido aquí humillados, pordebajeados, calaos, porque ninguno de esos Gobiernos de allá ha querido concedernos el derecho de aparecer en el mapa de Colombia —continuó mientras fijaba la mirada miope familia por familia—: ustedes, que bien me conocen porque he sido suyo desde que tengo memoria, pondrán las manos en el fuego por mí cuando les pregunten si es cierto que llevo veintipico de años exigiéndoles a los dueños de este país cara a cara que pongan en el atlas nacional, en la cartografía nacional, en el plano nacional, este pueblo que tanto ha sufrido porque es hijo del sufrimiento. Pero aquí entre nos el único que tiene que ponernos en el mapa es Dios nuestro Señor bendito: si Él sabe que existimos, pues entonces existimos.

Se quedó mirándole a Hipólita la cara de viuda cuando llegó a «existimos». Y no le quitó la mirada mientras dijo —y la voz y el cuerpo se le rejuvenecieron y el público fue respondiéndole «sí» y «ajá» y «eso es verdad»— que los castigos no son para llorarlos sino para pagarlos, que la felicidad no es el sobresalto que se parece a la risa sino la espera de la muerte, que la espera no es sólo una condena sino una gloriosa marcha fúnebre: «Eso quería decirles este mediodía de este sábado bisiesto», «¡sí!», «que hay que irse alistando desde ahora para el día que no está en el calendario», «¡eso!», «¡para el único día que no se va a repetir!», «¡el único!», «para el 29 de febrero o el 31 de septiembre de la propia vida», «¡ajá!», «y algunos ya tienen la corbata y algunos ya han pagado los zapatos por si es la semana que viene», «¡eso es verdad!», «y algunos se lo han invertido todo a un furgoncito que los lleve el cementerio», «¡claro!», «porque han reconocido que pueden quedarles unas horas de vida nomás», «¡nomás!», «porque han entendido de la peor manera que ningún fusil va a salvarlos», «¡ninguno!», «porque han visto al sepulturero con la pala en la mano», «¡lo han visto!», «porque han visto al portero de la Tierra en la puerta de allá», «¡allá!», «porque han descubierto que los unos y los otros están haciendo la maleta para irse de este mundo», «¡irse!», «pero nadie se va de la casa cuando se va de este planeta de barro, sino que vuelve», «¡vuelve!», «el día que sólo sucede ese año: ayer, mañana, hoy», «¡hoy!», «al sitio que se merece», «¡sí!», «en el fin del fin del Tiempo».

Hipólita le devolvió la mirada cada segundo, hasta la última palabra, para que tuviera claro que ella ya no era parte del coro. Y el pastor la señaló apenas dijo «fin del Tiempo» como diciéndole que dejara de meterse en lo que no debía.

Hipólita no dijo mucho hasta que le pasaron el micrófono: pa' qué. Se quedó en su puesto en la quinta hilera de sillas, junto a sus dos hijos aturdidos, mientras las gentes hacían la cola para que les sirvieran el lechón con arroz. Recibió el plato de icopor que le trajo doña Librada, la dulcera, que la veía «blanca, blanca». Comió algo de la carne. Esparció el arroz para que la dejaran en paz. Respondió con palabras sueltas las preguntas sobre estos cuarenta días sin su esposo. Resistió, apenas meneándose, la marea del currulao que vino. Soportó sin gestos, con la chirimía y el cobre demasiado cerca, el sonsonete enervante y la empujadera y la gozadera del «príncipe del bunde»: «Dios es muy grande / Dios es el caminito. / Usted no se me engrande / que usted es mi cuerpito».

Y entonces, a las 2:33 p.m. de ese sábado 29 de febrero de 1992, el pastor Juvenal Becerra volvió a la tarima detrás de su bastón como diciendo —esa es la idea de esta parte de la ceremonia sabatina de la Iglesia Pentecostalista del Espíritu Santo— que Dios no desampara ni siquiera los bailes endiablados y que sus hijos tienen que portarse como si lo supieran.

El pastor se quedó quieto quietísimo en el centro del escenario, rodeado de tres sillas blancas de plástico, hasta que el ruido se volvió el silencio, el sigilo. Todos los fieles de todos los sábados, Wenceslao, Librada, Indalecio, Sócrates, Pedro Nel, Piedad, Luz, Isa, Betty, Anderson, Milton, Jesús, Omar, Freddy, Abel, Damaris, Israel, Jonathan, Yesid, Consuelito, Diógenes, Harrison, Ulpiano, Tadea, Abel, Imelda, Francisca, Yesenia, Julio César, Emilse, Tito, Edgardo, Manuel, Fausto, Octaviana, Anacleto, Ximena,

Benita, Nelly, Elkin, Alexis, Rosita, Pantaleón, Tranquilina, Ligia, Toribio, Práxedes, Amparo, Casimiro, Eulalia, Juan…, se fueron a sus lugares y se sentaron y se quedaron callados como si en el galpón del Señor no hubiera padres ni hijos sino solamente niños: tres, dos, uno.

Entonces aparecieron en la tarima «los desafortunados», «los miserables» y «los infelices». Y el pastor los presentó, como un hipopótamo parado en dos patas, como un actor que jamás ha olvidado una línea: he aquí una prima de doña Emilse, con el pelo ensortijado y grasoso tapándole la mitad de la cara, enterrada en una silla de ruedas por culpa de un marido que se volvía otro cuando se tomaba un vaso de biche; un soldado del ejército nacional mutilado, sin las piernas, al que primero le prometieron medallas de honor y después le prometieron milagros de la ciencia; una quinceañera llamada Martirio que se pasaba jornadas enteras tratando de olvidar —dijo su voz perdida entre la garganta— los abusos a los que la habían sometido los guerrilleros cuando era niña: «Cómo se ha vuelto de grande…», le decía el malparido hijo de puta.

—Pero yo siempre les he dejado dicho aquí a los hermanos y a las hermanas de Belén del Chamí que la memoria es lo mismo que la imaginación —les explicó el pastor Becerra, cara por cara, a los tres—, y siempre les he repetido y repetido como un pájaro picotero que uno puede recordar la vida como uno quiera, pero la gente, que quiere sentirse enterrada hasta el cuello y quiere padecer como padeció el Señor, prefiere imaginarse un pasado lleno de dolores a aferrarse al hecho de haber tenido salud o amor o buena suerte: no pienses tú que dormías con el enemigo sino que aprendistes lo que es el mal con tu marido; no pienses tú que perdistes las dos piernas sino que ganastes el derecho a advertirnos sobre la violencia; no pienses tú que unos monstruos que deberían ser castrados te robaron tu diamante sino que nadie podrá derrotarte porque nadie pudo vencerte cuando eras una niña sin fuerzas.

102

Y a cada uno el pastor le tomó la cara y le besó los labios y le dijo «aquí termina tu dolor…» bajo los aplausos de sus seguidores.

Y luego se volteó a ver —y se quedó viendo— si Hipólita seguía haciéndole la cara de espectadora que no se cree la película.

Y ella frunció el ceño para que al pastor no le cupiera duda de que ella no estaba jugando su juego.

Y Maximiliano se dio cuenta de que su mamá —la conocía de memoria: esa era su cara de «me van a oír…»— no se tragaba ni una sola de aquellas palabras.

Y Segundo empezó a sentirse como si ya no tuviera sobre la cabeza el paraguas de la casa.

—Yo quiero que ustedes tres oigan a una madre coraje que ha tenido la imaginación para estar aquí, en pie, después de la muerte de su marido —les dijo el pastor Becerra a los desvalidos que había hecho subir al escenario—, y quiero que la oigan porque uno puede vivir la vida que le quede por vivir pidiéndole cuentas al Señor: ¿por qué me trajistes aquí a perder a mi gente?, ¿por qué me pusistes a mí en este pueblo que se ha pasado sus primeros cuarenta años gritando «Colombia: ponme en el mapa»?, ¿por qué me distes para servirle como amo y señor a un hombre mudo que era un hombre lleno de misterios y me hicistes padecer sus secretos y me quitastes de buenas a primeras al padre de mis dos únicos hijos? Pero la señora Hipólita ha vuelto de su duelo, que, como lo saben ustedes y lo sé yo, es volver del infierno, con la fortaleza para venir al templo a decirle a Dios que ella entiende lo que está pasándole: que le da las gracias por todo lo sufrido.

Dijo algunas cosas más sobre ella. Que todos en el pueblo la habían conocido desde que era una niña piadosa que cocinaba mejor que la mamá y una muchacha que no se dejaba desviar por los hombres y una esposa que sabía llevar las tonterías del marido y una mamá que desde los cinco años había soñado con ser una mamá. Que los únicos que se atrevían a criticarle algo decían que era una mujer muy estricta. Que los clientes del mercadito que atendía la querían todos porque nunca les decía que no cuando ellos le pedían ayuda para hacer las cuentas del mes. Que sus jefes habían sufrido mucho, en estas semanas de tristeza, porque no podían vivir sin ella.

Que su testimonio iba a ser una brisa en el sofoco del mediodía en el templo.

Fue Angelita, la séptima hija del pastor, la que le entregó el micrófono a Hipólita como obligándola a hablar.

—Yo quiero que te oigan contar de viva voz, mi señora Hipólita, cómo agarraste las fuerzas de flaqueza para venir hoy acá.

Hubo silencio. Siguieron carraspeos y ataques de tos y zumbidos y aleteos, pero más que todo hubo silencio. Todas las caras en el galpón, trescientas, cuatrocientas, quinientas caras pendientes de la cara del pastor, se voltearon de inmediato a preguntarle a Hipólita eso mismo: «¿Cómo ha estado haciendo usted para sobrellevar el miedo, el dolor y la venganza?», «¿cómo ha hecho, comadre, para seguir siendo una mamá y una mujer sola?». Max y Segundo miraron al piso como poniéndole atención: quizás porque el papá había sido mudo, quizás porque la mamá era la que hablaba siempre en los desayunos y en las comidas, eran un par de niños buenos para quedarse callados, para quedarse pensando y balbuciendo mil cosas que jamás iban a decir.

Hipólita se quedó viendo el micrófono como preguntándose si le iba a funcionar.

Y, remachándole la mirada al monstruo del pastor, dijo sin tartamudear ni una sola vez esto que estaba pensando:

—Yo estuve pensando en quitarme mi vida porque mi vida es mi marido. Yo dejé que mis hijos se cuidaran solos estas semanas desde que nos pasó lo que nos pasó, ese sábado de enero, porque no tenía alientos para hacer nada y en la cama sentía la respiración atragantada y oía los ronquidos, que era el modo en que mi mudo hablaba dormido, como un sirirí que no me dejaba dormir sino hacerme apenas la dormida. Yo si cerraba los ojos veía al fantasma de mi papá, que un día no pudo ya dar la cara y nos dijo «niños: es que yo tengo derecho a vivir», y lo veía diciéndome a mí «Hipólita: esto va jeré». Y entonces yo me decía a mí misma «ya no más: pa' qué». Yo oía todos los ruidos: que vino el jefe, que vino el agente, que vino la bruja a decirte que Dios dice que tienes que vivir. Yo decía «ay, como que se fueron los pelaos», «ay, como que los vecinos están parando oreja detrás de la puerta a ver si estoy viva». Pero a mí sólo se me venían a la cabeza las palabras del papá que se me murió tan jovencito: «Noña», «tiestazo», «maluco». Y hace un par de noches oí que una voz, que yo creo que era la misma voz de mi partera, me decía «Hipólita: dé la vida», «Hipólita: dé la vida, mija». Y yo entendí que tenía que pararme de la cama y pegarme un baño y salir a decirles a ustedes lo que yo sé.

Nadie, ni el que tenía al lado, le quitaba la mirada. Muchos respondían «¡sí!», «¡eso!», «¡ajá!» a cada una de sus frases. Y sus dos hijos sollozaban, y se tapaban la cara, como si acabara de morírseles el papá.

—Dinos, señora Hipólita, pa' esto estás aquí —le dijo el pastor para darle aire.

—Yo sé que el Señor nos está viendo.

—Sí.

—Yo sé que uno está acá para que después alguien se lo cuente a otro.

—Eso.

—Yo sé que uno no puede hacerse daño a uno porque pa' hacer daño están los otros.

—Ajá.

—Pero más que todo sé que a Salomón lo mataron como lo mataron para decirnos a todos que nos quedemos callados, que esto ya no es de los malnacidos de los dueños de antes y las leyes cambiaron, pero también para quedarse con la tierra nuestra porque estos hijos de puta lo único que quieren es todo —dijo Hipólita volviendo de las caras de los vecinos a la cara del pastor—: yo sé que los vecinos les hicieron café a los asesinos y que el señor agente se enteró por el enfermero borracho de que el enterrador nos dio la mano y que el soldado del ejército se fue a hacer un mandado a San Isidro justo cuando estaba sabiéndose nuestra noticia y que el pastor aquí presente lo único que hizo en estas semanas fue mandarnos saludos de Dios y de él porque nadie se ha acomodado mejor al reino de estos asesinos.

Maximiliano le apretó la mano a Segundo, como si no fuera el hermano mayor sino el menor, y cerró los ojos porque tenía que venir ahora una ráfaga, un alud.

Y Segundo se metió la mano al bolsillo para sentir el papelito que le había escrito su papá el día de su muerte. Y renunció a todo lo demás.

—Quietos, no, no, no, que aquí adentro en el templo no les hacemos daño a las mujeres —advirtió el pastor Becerra cuando vio las caras encendidas de sus seguidores y leyó los labios torcidos de la rabia—: hay que entenderle la frustración a esta pobre calumniadora porque no es nada fácil quedarse sin el marido así el marido sea mudo o se quede viendo a los muchachitos sin camisa o se dedique a hacerles los mandados a los comunistas. Yo no tengo nada que ocultar. Yo soy prístino. Y no les digo «pongan a esta perra en su lugar», hermanos, porque para qué si los años bisiestos son los años de la venganza de Dios y cada cual va a ganarse de aquí a diciembre lo que se merece. Dé gracias, mi señora, que yo tengo el espíritu adentro: que si no lo tuviera usted ya estaría flotando en el río Muerto.

—Dé la orden, viejo bochinchero, que yo prefiero morirme a vivir sólo para que usted me perdone la vida: pa' qué.

—Yo tengo pesar por sus hijos, Hipólita, porque esto que están viendo hoy nunca se les va a olvidar: que un sábado, unas semanas después de que les fusilaran por sapo al papá, usted volvió de entre los muertos para ofender al Señor en su propia casa, para despreciar a los fieles que vinieron aquí a buscar la paz, para dejarlos huérfanos con un fusil al hombro. Se está buscando un tiro en la nuca, Hipólita, no crea que aquí no sabemos de las porquerías que se atrevió a decirle al agente luego de haberle pestañeado desde que lo vio. Se está ganando que alguien dé la orden de hacerle la vuelta, y que termine torturada y empalada y escupida como la nuera de Maritza, pero no aquí porque yo hace rato que soy un renacido que ya no está para hacer el mal.

—Yo lo que no he podido entender, con todo respeto, es qué quieren ustedes hacer con mi lote.

—Desahóguese, señora, que a las mujeres perdidas no les queda más que hacer.

—Pero por mí quédese con nuestra casa, viejo maluco, que el Señor siempre sabe quién es quién.

Eso: que hicieran lo que quisieran con ellos que a ellos les daba igual. En cambio —siguió diciendo Hipólita— el pastor Becerra tenía que responderles a muchos padres por las porquerías que les había hecho a sus niñas. Era el hijo de un pastor muerto, seguía siendo, mejor dicho, el hijo de un pastor, pero era «un hombre nuevo» porque había sido un hombre sucio: un droguero, un borracho, un bolero, sí, pero sobre todo un embaucador y un vendido y un pichicato y un ladrón de cualquiera que se dejara robar. ¿Qué se hizo la plata de la verbena de aquella vez? ¿Qué tan cierto es que lo último que dijo la nuera de Maritza, que trapeaba estos pisos, es que al pastor le gustaba azotar a los muchachos? ¿No es raro que el cementerio haya quedado a cargo de la Iglesia Pentecostalista del Espíritu Santo?

—¿Cómo es que un hombre, por más santico que sea, logra pasar de ser la mano derecha de los unos a ser la mano derecha de los otros? —se preguntó mirando a sus dos hijos a los ojos.

¿Por qué el pastor Becerra fue el último hombre que vio a la nuera de la pobre señora Maritza?

¿Por qué el pastor Becerra es socio del comandante Triple Equis y siguen y siguen comprando las tierras que eran de los papás de los papás?

¿Por qué el pastor Becerra sigue bañándose en dinero y enseñándoles a las parejas de Belén del Chamí en sus propios catres cómo mejorar sus vidas íntimas y engordándose como un cerdo azabache?

108

¿Por qué el pastor Becerra sí puede dejar al amor de su vida una y otra vez pero todos los demás estamos condenados a amar al mismo porque así quedó escrito en el cielo?

¿Por qué el pastor Becerra fue el segundo que supo, por nosequé soldado y nosequé borracho, la noticia de que habían asesinado sin piedad al pobre enterrador?

¿Por qué el pastor Becerra se quedó hablando un rato largo con la vecina nuestra el día en que mataron al mudo Salomón?

—¡Cállate vieja Hipólita esa boca sucia que te estás pasando! ¡No más! ¡Cierra el pico que te vas a condenar! —le gritó el taimado de Eulogio Ibargüen, secretario del centro municipal, porque fue el primero que sintió que a la gente no se le puede permitir que sea grosera e irrespetuosa cuando le da la gana, y mucho menos con un pastor.

Detrás de él, que siempre se hacía en una silla en el extremo de las últimas filas para salir a fumar —porque «esas ceremonias son muy espirituales pero también son muy largas»—, se levantaron siete mujeres enfurecidas como un monstruo de siete cabezas a gritarle a Hipólita «¡cállate!», «¡no!», «¡cierra la bocota!», como si el siguiente paso de las siete fuera convertirse en sus verdugas. Un par de maridos azuzados se pararon a exclamar «¡fuera!», «¡saquen a esa vieja loca!» en la esquina derecha del galpón, junto a la tarima, en donde se sentaban los que no tenían ningún afán: primero el Señor, segundo el Señor, tercero el Señor. Varios la defendieron: «¡Déjenla decir verdades!». Y pronto no había una sola cara acalorada que no estuviera insultando o blasfemando o escupiendo.

«¡Orden!». «¡Vete de aquí, mula vieja!». «¡Santa María madre de Dios ruega por nosotros los pecadores!». «¡Perra!». «¡Puta!». «¡Desagradecida!». «¡Cadáver!». «¡Ten vergüenza así sea por tus hijos, mogosa hija de puta!». «¡Hágame el favor, señora, calmémonos!». «¡Párela, párela!». «¡Sáquenla!». «¡Vete!». «¡Si no te callas tú misma, petaquera, te voy a callar!». «¡Dejen hablar a la viuda!». «¡Hermanos, hermanas: no es del Señor aniquilar ni a sus peores enemigos!». «¡Mátenme a ver!». «¡Déjala en paz, viejo maluco!». «¡Mátenme de una vez que a mí me da igual!». «¡Nadie le vaya a tocar ni un solo pelo a esta maldita que Dios sabe cómo hace sus cosas!». «¡Salga, señora, salga por esa puerta de una vez!». «¡Sáquenmela que nadie aquí tiene por qué oírle esas cochinadas!». «¡Señor: aparta de ella ese demonio!».

Pocas veces se habían visto tantos colmillos y tantas muecas en el templo de la plaza del desdentado Belén del Chamí.

Hipólita agarró la cuerda del fusil de su marido, que seguía siendo su marido a pesar de todo, como alistándose para morir disparando como un viejo coronel atrapado entre una horda.

Segundo cerró los ojos porque su hermano mayor le estrujó la mano que le había tomado. Murmuró el «Dame paz» que se rezaba antes en las ceremonias del templo: «Ven, Espíritu Santo, dame paz / líbrame de las palabras hirientes / de la envidia fatal de las gentes / del que clava puñales por detrás. / Cuida, Espíritu Santo, mi valor / cúbreme de los fríos de la muerte / de las trampas tiñosas de la suerte / de las cenizas tercas del dolor. / Calma, Espíritu Santo, mi maldad / cúrame de la luz de la ceguera / de entregarme a una falsa primavera / de negarme a vivir en tu verdad». Y luego pidió a Dios con sus propias palabras que no los desmembraran, que no les doliera la muerte si es que los iban a matar allí.

Hubo un momento, el siguiente, que ninguno de los tres deudos pudo pensar ni supo pensar más. Se les vinieron encima un par de los guardaespaldas del pastor, que en ese entonces andaba fresco por las calles pero por si acaso tenía sus propios vigilantes, y de un par de jalones los sacaron a los tres del choque de turbas. Estaban salvándolos, claro, porque nadie entendía que el plan era hacerse

110

matar, antes de que los lincharan ahí mismo en el piso de baldosas del galpón: «¡Quietos!, ¡quietos!». Para qué manchar de sangre el suelo del templo. Para qué permitirle a la jauría de fieles que se lanzara a patear y a morder y gargajear a una viuda que había perdido la cabeza —y se veía que no la iba a encontrar— en la casa del Señor.

Hipólita vio que le rapaban el micrófono y que le quitaban el fusil y que la empujaba una corriente que era la gente aguijoneada y trató de voltearse varias veces y gritó «¡máteme, hijueputa, máteme!» y el grito fue ronco como de mujer que va a dar la guerra hasta el último suspiro y dejó de oír lo que estaban bramando los seguidores del pastor porque hacían demasiado ruido y dejó de oír los llamados a la calma del pastor y olvidó por unos pasos que tenía un par de hijos que iban a morirse de pavor y lo primero que pensó cuando por fin pudo completar una frase en su cabeza fue «esto es lo que le pasa a Hipólita por haberse quedado sin su marido», como si ella no fuera ella, sino una víctima que estuviera viendo de lejos.

El pastor Juvenal Becerra les dio la orden a sus esbirros de que les cerraran las puertas bajitas del templo para siempre «a esos malagradecidos». Se quedaron abiertas, sin embargo, porque en la plaza estaba la guardia del comandante Triple Equis lista a restablecer el orden en el pueblo.

Y estaba él, el comandante Triple Equis, con sus gafas oscuras plateadas y su sombrilla aguamarina, rascándose la coronilla calva y el cuello porque por ser del interior no lograba acostumbrarse a ese sol del mediodía. Nadie, que no lo conociera de antes, supo nunca cómo eran sus ojos, pero sus cejas pobladas y despeinadas se arqueaban como amenazas de muerte cada vez que le parecía necesario. Jamás gritaba porque vivía con un hilito de voz: tenía un tapón crónico en el oído medio y baja capacidad pulmonar y afectación de las cuerdas vocales —o eso, todo eso, le había dicho el médico aquel de Ibagué— y solía acercárseles mucho a las personas a la hora de ponerlas en su sitio.

Pocas veces, desde que no era un matón sino un comandante, perdía el control de sus puños y sus gatillos. Y era mejor que no lo perdiera.

Chasqueaba los dedos en vez de llamar a alguno de sus sirvientes, sus corchetes: ¡tap! Y fue lo que hizo para llamar al agente Sarria, que lo tenía a unos pasos como un consejero cobardón y sucio, cuando vio que aquella mujer y aquellos hijos desarmados eran expulsados del templo y trastabillaban en la otra orilla de la calle: ¡tap!, ¡tap!, ¡tap!

Hipólita recordó a sus dos hijos cuando se vieron los tres frente a la pequeña tropa del jefe de esa tierra y sin el rifle: «Quién sabe por qué sí es bondad sacrificar a las bestias desahuciadas», pensó y luego lo dijo.

Puede ser que la temperatura de Belén del Chamí al mediodía sea treinta y tres grados centígrados: el infierno sin viento, sin aire. Pero el sábado 29 de febrero de 1992 la bruja Polonia tenía entre las costillas —dice— el mismo frío con el que había vivido desde niña. Había cerrado con doble llave la puerta de su casa. Tenía abajo las cortinas para que no se le metiera el calor ni se le colara la luz. Estaba escondida debajo de las cobijas de la litera, como si estuviera tratando de dormir a pesar del zumbidito de un zancudo, desde que el espanto del mudo le había apagado la radio que era lo único que quería hacer esa misma mañana —eso y fumarse los puros largos que le llenaban los pulmones de cansancio— porque el televisor se había fundido el lunes.

El espanto tumbó la lámpara y la pequeña radio y el ventilador de pilas que tenía siempre sobre la mesita. Sacudió las ventanas. Zarandeó el escaparate de tablones de los retratos que eran las pocas pruebas que le quedaban de su vida. Derribó la hilera de virgencitas que eran sus testigos. Y su revoloteo se le fue volviendo a la bruja un par de frases fijas en la cabeza: «Haga caso», «váyanse ya».

Descubrió más oraciones, como plegarias del muerto, adentro de ella: «Dígales que no se maten», «dígales que la vida va a salirles bien lejos de acá», «dígales que yo lo único que hice bien en esta vida fue quererlos», «dígales que les doy las gracias por haberme querido a mí que fui tan difícil de querer», «dígales que valió la pena todo por haberlos tenido», «dígales que yo puedo acompañarlos el resto de la vida siempre que me necesiten», «cuénteles que si dejan Belén de una vez van a terminar viviendo en una

113

ciudad dura pero cualquier cosa es mejor», «cuénteles que, así no sean capaces de imaginárselo ahora, si dejan la locura de matarse pueden pasarse unos buenos años en Bogotá y tener hijos y tener nietos», «dígale a Hipólita "haga caso"», «dígales "váyanse ya"».

Quedó sonándole el ruidito «Hipólita: haga caso». Quedaron dándole vueltas «haga caso», «váyanse ya», «váyanse ya» mil veces, pero se negó a sacárselos de la cabeza porque estaba cansada de ir a esa casa de espantos y sospechaba una pesadilla y ya no quería rogarles a los hijos que le dijeran a la mamá que salieran corriendo.

Puto ruido. Puto espanto. No había nada de aire, ni un claro ni un hueco ni una rendija de aire, porque todo estaba ocupado por lo que quedaba del mudo, por lo que había sido y lo que era el mudo. No era que la bruja Polonia y el muerto hubieran hablado de a mucho cuando él era un hombre que no se metía en problemas, pero Salomón sí le había ayudado a acomodar sus muebles un par de veces y sí le había dado una mano para reparar la gotera que era una desgracia en los eneros y sí la había llevado a comprar sus menjurjes en San Isidro y sí la había acompañado a su casa en las noches para que ningún matón extraviado se pusiera a joderla. Había cometido el error de ser un buen hombre con cualquiera. Y unos lo habían llamado poca cosa: «Cagarruta». Y otros lo habían creído sapo y sospechoso y ladino: «Mugre».

Hay un momento de la vida de todos los desesperados, a los siete, a los catorce, a los veintiuno, a los veintiocho, a los treinta y cinco, a los cuarenta y dos años, cuando se les aparece, como concediéndoseles, la oportunidad de vivir sin temerles y sin rendirles cuentas a los cabrones.

El mudo Salomón Palacios había desaprovechado cada una de sus encrucijadas porque siempre le había parecido lo mejor —y así había muerto y por eso había muerto— ser el mismo hombre con todas las personas que se encontraba en el camino: a todos les inclinaba la cabeza, a todos les mostraba la palma de la mano para decirles adiós.

Y a la bruja Polonia, que desde el asesinato salía de la casa tan poco, porque quién iba a acompañarla ahora que él ya no estaba para pedirle el favor, cada vez le sonaba más que el problema era que nadie se lo había tomado en serio por mudo y por dispuesto.

Ella, en cualquier caso, ya había hecho más que suficiente. Desde el asesinato de su amigo, aunque decir «amigo» quizás era decir demasiado, había ido tres veces a esa casa tan lejos de la suya a rogarle a la señora Hipólita que le recibiera un mensaje del difunto: la primera vez le había dejado una nota que decía en su letra pequeñita «hipolita favor hablar con polonia que le tiene una razon de salomon». Tres veces, si no más, había detenido a los dos hijos en su camino a la escuela: «Díganmele a la mamá que el papá está tratando de comunicarse con ella», «díganmele a la mamá que el papá está preocupado por ella», «díganmele a la mamá que el papá me va a enloquecer con que quiere que ustedes se vayan de Belén, pero díganselo que luego soy yo la que tiene que vivir con un espantajo».

Y los dos niños le respondieron «sí señora», «sí señora», muertos de miedo pero modositos, como si no la hubieran escuchado, como si les hubieran dicho «salgan corriendo si se encuentran con la bruja»: ¿qué más podía hacer?

Meterse debajo de las cobijas hasta que el espanto dejara de volarle por encima. Sepultarse debajo de las sábanas hasta que el mudo se fuera derrotado.

Quién dijo que eran tan amigos. Quién dijo que le debía al muerto hacerle esa vuelta, «¡haga caso!», «¡váyanse ya!», por las veces que él la había acompañado para que no le pasara nada: ¿acaso la había acompañado entre la oscuridad de Belén del Chamí, que era la peor oscuridad del país, esperando eso a cambio?, ¿y quién iba a acompañarla a ese pueblo en el que la miraban de reojo hasta los perros?,

¿y quién iba a acompañarla de vuelta a su pieza? No. No habían sido tan amigos cuando todavía podía darle la mano. No eran tan amigos. No le debía un gramo de nada. Sería lo mejor que la dejara en paz en su vida de una vez, que en hartos líos y hartos rejerrejes vivía, porque ella ya estaba cansada de hacerles vaticinios a los sordos.

—Déjeme tranquila, Salomón, que yo ya estoy muy vieja para que me peguen un tiro.

Si hacía siete años se había ido a vivir hasta esa casa de una pieza, a media hora, a pie, de Belén del Chamí, había sido para que nadie la jodiera nunca más. Mientras estuvo vivo Libardo, su marido, que murió de un infarto en la madrugada en 1985, nadie aparte de él se atrevió a decirle lo que tenía que hacer, nadie se sintió con el derecho, por ejemplo, de llamarla «bruja». Sepultaron a Libardo, su marido, en junio de ese año. Y como recién acababan de cumplir cuarenta y tres años de casados, como ella llevaba toda su vida haciéndole caso y soportándole el mal genio al mismo hombre, un par de días después del funeral los cinco hijos se lanzaron a decirle lo que tenía que hacer: «Mamá: no puede seguir comiendo tan poquito», «hay que vender esta casa», «puede vivir con nosotros».

Polonia se fue de su pueblo, de La Milagrosa, en Bolívar, porque empezó a morirse de frío en las noches y en los días. Se cansó de recibir órdenes y rapapolvos como los que soltaba su marido: «Parece una vaca con esa pinta...», «esta sopa está fría...». Se cansó de verles a sus hijos los gestos y las mañas de su señor. Se cansó de leerles la suerte y vaticinarles el día siguiente como si fuera su esclava. Y hubo una vez en la que no quiso temerles ni rendirles cuentas nunca más. Comenzó a tener la impresión de que la espiaban, de que la aborrecían por haber sobrevivido a su padre, de que querían deshacerse de ella como de un mueble picho. Y entonces un domingo temprano, luego de soñar con la matanza que sucedió trece años después en el centro comunitario municipal, se dijo «yo ya estoy muy

116

vieja para que me sigan mandando» y se despidió de su casa y se fue un día con las pocas cosas que le hacían falta.

No les contó adónde se marchaba ni les explicó por qué no iban a volver a verla jamás. No los llamó ni los buscó para decirles adiós. No les dijo nada. Simplemente se fue.

Tenía sesenta y un años. Estaba aplastada y aturdida. Tenía las rodillas agarrotadas desde antes de la muerte del marido. No sabía por qué decía lo que decía, por qué hacía lo que hacía, por qué sentía lo que sentía. Quería morirse de una buena vez porque dígale usted para qué más. Y entonces agarró por el camino el bus pequeñito que bajaba por Ovejas, por Sincelejo, por Sahagún, por Ciénaga de Oro, por San Juan de Urabá, por Turbo, por San José de Apartadó, a ver cuándo se le daba la gana de quedarse. Y fue siete horas después en la parada de Belén del Chamí, que nadie sabía que existía si no llegaba de golpe y por error, donde por fin quiso bajarse. Se despidió de sus compañeras de silla, una muchacha y su bebé, segura de que no les esperaba una vida buena.

—Déjeme tranquila, hombre, dedíquese a descansar usted que puede: créame que nada de lo que haga usted va a servir aquí de nada —le dijo al espanto, saliendo de debajo de las cobijas, abrumada por el sufrimiento de sus hijos: ¿y si seguían buscándola?

Que siguieran diciéndole vieja mala. Que siguieran diciéndole vieja bruja, vieja egoísta y vieja loca. Pero es que nadie sabe —pensó— lo que es encontrarse al marido muerto en el otro lado de la cama: un cuerpo boquiabierto con los párpados tiesos y las piernas sujetadas por la misma muerte. No tienen ni idea de qué se siente quedarse de golpe sin él: es darse cuenta de que no volverá a haber respuestas a las preguntas que una tenga, es darse cuenta de que no tendrá que arreglarse la casa para nadie y no habrá para qué salir y no habrá para qué llegar. Polonia entendía por qué Hipólita no quería volver a salir, mejor dicho, quizás era la única que podía entenderla, pero lo cierto es que ya no podía hacer nada más por ella ni por nadie: lo cierto es que no eran comadres.

Tenía claro que iba a pasar lo peor: «Malaventura». Soñaba con el horror y con el muerto. Respiraba al espanto, olía al espanto, tragaba bocanadas del espanto. Pero qué más podía hacer si Hipólita Arenas quería, como había estado soñando, que le pegaran un tiro: ¿cruzar el pueblo otra vez, sola, en el camino hacia esa casa?, ¿tumbar la puerta?, ¿decirle «váyase de Belén, mi señora, que su difunto marido sabe lo que dice»? Bueno, pero ese era el último intento. Si esta vez no podía hablar con ella, si no podía decirle cara a cara «señora Hipólita: yo le juro por todas las ánimas que usted va a estar mejor», «señora Hipólita: su marido me manda a decirle "haga caso"», entonces ella se iba y dejaba todo así.

«Y usted me jura que además me deja en paz», le gritó al aire porque el aire era el mudo.

Se fue por la orilla de la carretera en su silla de ruedas. Podía caminar despacio, apoyándose en la sombrilla que le servía de bastón y quejándose de los dolores traperos de la vejez, pero solía olvidársele porque se había acostumbrado ya a verse desvalida, a verse desechada. Sus cinco hijos nunca le habían creído los lamentos porque no tenía arrugas. Pero la gente de Belén del Chamí no la odiaba, ni siquiera por rara, ni siquiera por bruja, porque la veía como una pobre vieja abandonada. Un par de camionetas, que iban juntas para San Isidro, le pitaron por el camino. Un cachaco en un Chevrolet Swift pintado de barro, que el tipo la saludó como si se conocieran, le preguntó «¿sumercé quiere que la lleve?», pero ella prefirió llegar al pueblo sola así llegara tarde.

Algo que no era la fuerza de sus brazos, enorme de tanto dar vuelta a las ruedas, empujaba la silla con desesperación.

Desde que entró al pueblo confirmó sus premoniciones, sus vaticinios: el muchacho del kiosco se santiguaba y se pedía tranquilidad a sí mismo, y las señoras católicas le gritaban «ay, Dios» desde los balcones a un cuarteto atolondrado de muchachos del Bloque Fénix que corrían, entre sus botas de guerra, porque el comandante estaba llamándolos a todos «por si las moscas». El ruido volteaba las esquinas. El murmullo cargado de exclamaciones sueltas, «¡cállenla!», era una polvareda. Y la gente cerraba las ventanas pues poco más podía hacerse. Paró en la plaza porque una turba les gritaba improperios desde las puertas del templo a una mujer y a dos niños que —apretando los ojos y volviéndolos a apretar y revisándoles los gestos— resultaron ser los huérfanos del mudo.

—¿Qué me van a hacer? —les gritó Hipólita a las gafas plateadas del comandante Triple Equis—: ¡mátenme aquí enfrente de todos a ver si son tan capaces!

—¡Señora Hipólita!: ¡no se haga matar!, ¡despiértese!, ¡no se mate! —gritó la bruja Polonia desde la silla de ruedas, y luego intentó hacerlo poniéndose de pie con su sombrilla reducida a bastón, pero su voz era un soplo.

—¡Mátennos a todos de una vez! —repitió Hipólita.

—¡Señora Hipólita! —pregonó de nuevo Polonia, a pesar de los matones uniformados que le repetían «atrás, atrás», mientras trataba de tocar a la viuda con su paraguas—: ¡manda a decir su marido que haga caso!

—¡Dejen de andar matando a escondidas como si nadie supiera quiénes son!

Y a nadie le pareció importante decirle a Hipólita, como echando a rodar la noticia, que allá atrás la estaba buscando el esperpento de la silla de ruedas y le estaba diciendo que le tenía una razón de su difunto: el pueblo no era más que una tribuna enfurecida porque no podía ser que una mujer despechada, por más viuda que fuera, ofendiera al pastor con acusaciones temerarias. Y el comandante Triple Equis, que fruncía el ceño y se ponía rojo cuando trataba de mantener la cordura, chasqueó los dedos y señaló con los labios —allá en la esquina en donde lo habían parqueado— el furgoncito blanco y sucio que había sido del sapo: allá mismo, al remolque embarrado del pequeño camión, se llevaron a empujones a Hipólita, a Maximiliano y a Segundo a pesar de sus quejas.

Hipólita lanzó gritos y mordiscos y patadas porque un monstruo camuflado le agarró los brazos atrás como apresándola. Maximiliano fue detrás, a regañadientes, con el cañón de una ametralladora GK4 clavada entre los omoplatos. Y Segundo se dejó ir, y dio zancadas y latidos de más, entre la muchedumbre que estaba empezando a seguirlos como una ola: fue el niño, Segundo, el único que notó que la bruja aquella estaba gritándoles que tenía que decirles una cosa muy importante —y según cuentan hizo lo que pudo para que la mamá saliera de su trance—, pero ni siquiera sus palabras tímidas detuvieron la marcha: «La bruja Polonia, mamá, la bruja quiere contarle una cosa del papá», dijo el hilo de su voz para sí mismo, «estaba gritando un mensaje del papá».

Pronto estuvieron los tres encerrados en la parte de atrás del furgón como tres secuestrados de los tiempos de la guerrilla.

Y a los tres les faltó el aire porque lo único que podía respirarse allá adentro era el espanto.

Dice la vieja Polonia que la sombra de los tres, sentados en el piso del remolque, fue entonces la sombra del mudo. Que el mudo los rodeó primero y luego los cubrió para devolverle a su mujer la capacidad de sentir miedo. El furgón tembló entre las piedras y las grietas desde la plaza de Belén del Chamí hasta el campamento de la vereda de Aguascalientes: tracatacatacataca. Maximiliano trató de tragarse las lágrimas y carraspeó entre el olor a cigarrillo de las bolsas negras cada vez que se le escapó un sollozo. Segundo lloriqueó sobre las piernas de la mamá, ay, mientras balbuceaba un padrenuestro en nombre de todos. Hipólita trató de consolarlos. Trató de calmarlos imitando el ruidito de la calma: ya, ya. Alcanzó a consentirles las dos nucas un poco.

Pero no les dio ningún consuelo convincente, aparte del sonidito de la paz, porque todo lo que estaba pasándoles le parecía lo que les tenía que pasar.

Va a ser mejor la muerte. Vamos a habérnosla ganado porque hemos venido a este pueblo a demostrar que no es un vividero sino que es una prisión. Pronto, apenas nos fusilen y nos pisen y nos boten al río Muerto, estaremos por fin con el papá: la vida será como era los domingos en la mañana mientras el viento empujaba el calor y veíamos televisión los cuatro. Van a ver que vamos a estar callados su papá, ustedes y yo como cuando nos sentábamos afuera de la casa a ver las montañas, porque el cielo es no tener nada que decirse. Se los prometo por mi madre, se los juro por el Señor, se los juro, mejor, por su padre, que la muerte va a ser la paz: allá no va a haber bandidos cobardes de estos y allá no va a faltarnos el aire.

Repite la vieja Polonia, o así fue la última vez que pude hablar con ella, que el espanto puso a temblar el furgón como un toro desesperado golpeándose contra las paredes de lata. Salomón tenía claro, porque la muerte está por encima del tiempo, que por ponerse de justo había abandonado a sus tres responsabilidades en el mundo, pero que podía seguir haciendo cosas urgentes por ellos, podía seguir librándolos de los horrores visibles y aliviándolos de los invisibles. Salomón sabía que ellos todavía podían salir de allí antes de que viniera el horror y sabía que podían convertirlo a él en un pasado apacible y tener sus propios hijos. Pero sólo Polonia entendía su lengua: «Dígale a Hipólita lo que yo les escribía siempre: dígale "haga caso"».

—Mamá: es que yo he estado pensando que yo no me quiero morir todavía —dijo Max cuando ella terminó de prometerles el cielo.

—Yo tampoco quiero —agregó Segundo, entre las lágrimas, para serle leal al desleal de su hermano.

—Y tampoco nos parece que usted se muera porque los dos la queremos mucho pero ahora yo ya no sé cómo vamos a hacer para salvarnos.

—¿Y si les pedimos que nos dejen irnos? —preguntó el hijo menor entrecerrando los ojos—: ¿será?

—¿Y si les decimos que se queden con la casa y con lo que quieran si ese es todo el problema?

Hipólita se puso de pie, se soltó el pelo ceniciento, se arregló los pantalones y se ajustó el cinturón de su marido y caminó hasta las puertas del camión. Parecía que quería saltar. Tenía escalofríos y le rascaban los brazos como si una pulga se los hubiera picado porque tenía el espíritu de su marido pegado a la piel. No temblaba de miedo, que habría sido una opción, sino de rabia: ¿cómo se atrevían ese par de enanos que ella había limpiado y soportado en las madrugadas desde que eran bebés a decirle que ellos querían seguir viviendo?, ¿qué se creían para llevarle la contraria?, ¿quién les había dicho que tenían derecho a hacerse dueños de sí mismos si entre los dos a duras penas sumaban veinte años? Zapateó una vez como diciéndoles que no. Zapateó cinco veces más, más duro, fuera de sí.

Se puso a señalarlos con el dedo mientras tartamudeaba de la rabia y fracasaba en el intento de gritarles algo que los derrotara. Que se fueran a la mierda. Que no iba a aguantarse que se le rebelaran a estas alturas del plan. Que por culpa de los dos, que habían salido iguales al papá, era que les habían quitado el puto rifle.

—Por qué más bien no siguen ustedes dos por su lado a ver hasta dónde llegan solos —pudo decir—: pa' qué me sigo jodiendo yo por salvarnos si ustedes dos no quieren salvarse.

—Podemos irnos a San Isidro.

—Podemos irnos a Medellín.

—Podemos irnos a Cali.

—Podemos irnos a Bogotá.

—Pues conmigo no cuentan más.

Desde ese momento —insistió— cada uno tendría que seguir por su lado. Ya no más familia. Ya no más «los tres» porque la gracia era «los cuatro». Ya estaban demasiado viejos ellos dos, Max y Segundo, para necesitar a la mamá. Por esas tierras era lo normal que uno agarrara camino cuando cumplía trece, catorce, quince. Era claro que habían querido siempre más al papá porque llegaba más temprano a la casa y seguro que a él sí lo habrían apoyado y seguro que en él sí habrían confiado si la asesinada como un burro fuera ella. Hipólita estaba cansada, muy cansada, de andar río arriba: si querían pedirle al comandante Triple Equis que no los matara como mataron a Salomón, si preferían rogarles a esos asesinos que les perdonaran la vida, ella ya no iba a prohibirles ser cobardes.

—Pa' qué.

Segundo se sentía tieso por dentro. No se le inflaban los pulmones. No se le saltaba el corazón. Poco podía hablar, como cuando se iban sus papás y se quedaba solo con su hermano. Apenas se acordaba de tomar aire y de pensar. Y sin embargo —quizás porque se le quedaron en la cabeza los gritos de todos y le impresionó mucho ver a la bruja tratando de darle a la mamá una noticia del papá— se impulsó con las manos para pararse y se paró y se fue hasta donde estaba su mamá, en la parte más oscura del furgón, a rogarle de rodillas que no los dejara: «Por favor…». Hipólita era una madre esforzada e imbatible. Vivía lista a dar la vida por sus dos hijos cualquier día normal. Pero cuando se le metía la rabia adentro era la peor enemiga posible de las personas que quería.

No le importó que su niño Segundo, su pastorcito, que en sano juicio era su amor encarnado, le rogara la vida.

—Ya no —dijo.

Y no alcanzó a sentir culpa, ni escuchó a su niño repitiéndole «mamá: la bruja dice que el papá manda a decir que hagas caso», porque el furgón empezó a descender por la vereda como bajando hasta el último pozo.

Todavía hoy, si uno se atreve a meterse entre los árboles enclenques de la vereda, pueden verse rastros del campamento. Están las varillas y los huecos de las varillas que sostenían los toldos de lona verde. Hay cuerdas. Hay canecas pintadas de negro, amarillo y negro. Se ven las cercas de púas donde encerraban a las víctimas. Y si uno tiene suerte, si acaso «suerte» es la palabra, puede encontrarse jirones de brazaletes y de pantalones camuflados del Bloque Fénix. Recuerdo las fotografías que tomaron las autoridades, años después, luego de encontrarse el reducto «durante una rutina de patrullaje y reconocimiento»: costales de municiones, mesas cubiertas de uniformes y binóculos, gorras, volantes, casas de cimientos de ladrillos grises y techos de pajas, árboles talados.

Segundo, Maximiliano e Hipólita bajaron del furgón, en ese orden, ante la mirada desconcertada de una docena de soldados enfundados, revestidos de balas: ¿y ahora qué?

Eran las 4:04 p.m. Estaba descendiendo de a pocos la temperatura: veintiocho grados centígrados. Cuatro muchachos de unos quince años los escoltaron hasta la residencia del comandante Triple Equis, en vez de llevarlos a un escondrijo a ejecutarlos como a enemigos, porque al comandante no le gustaba matar sin saber bien por qué: no le gustaba matar por matar. Recorrieron el sitio sin mirar fijamente sus casetas y sus carpas porque no es bueno hacer contacto visual con una bestia. Puede ser que hayan oído risotadas y un par de gritos de fútbol porque estaban jugando un partidito «los viejos contra los jóvenes». Todo quedó atrás, todo fue poco, cuando les abrieron la puerta del refugio del jefe.

125

Veía un programa de chistes en la televisión: «Estos bobos maricas...». Seguía de gafas plateadas. Tenía puesta una sábana alrededor de los hombros porque un par de señoras de la peluquería preferida de todo Monteverde, Zoila y comosellamaralaotra, estaban cortándole el pelo alrededor de la coronilla calva y arreglándole los pies.

Su nombre era José Gregorio Saldarriaga. Venía de Santa Cruz. Se le decía Triple Equis porque en esa misma pieza cubierta de baldosas, oreada por un ventilador de techo con aspas de madera, guardaba con orgullo infantil una abrumadora colección de películas pornográficas grabadas en casetes de VHS. Tenía además, sobre un trípode renegrido, una cámara Sony Handycam de video 8 con la que solía filmar escenas sexuales interpretadas por «las muchachas más agraciadas de la región» y sus soldados de confianza. De vez en cuando él mismo era el protagonista: hacía —por ejemplo— el papel de un encorbatado que se veía obligado a castigar a su secretaria porque ella misma se lo pedía, o el de un paramilitar que terminaba violando a una reportera de la televisión capitalina que lo entrevistaba con asco.

El hijo de puta de Triple Equis no tenía ningún problema en que lo llamaran Triple Equis. De hecho así firmaba: XXX. Y había constatado que su fama de abusador y de depredador lo convertía en un personaje todavía más temible. Detrás de su colección de pornografía, que incluía revistas en blanco y negro y objetos que en sus manos más bien parecían de tortura, había una debilidad que el comandante no trataba de ocultar: desde hacía ya un par de años, desde agosto de 1989 para ser precisos, Saldarriaga alias Triple Equis sufría, de tanto en tanto, breves pero angustiosas lagunas mentales. Decían los médicos que era porque dormía tan poco: tres, cuatro horas por mucho. Su abuela, que estaba viva, insistía en que era por comer y beber tan mal. Quién sabe.

—¿Y estos cabrones quiénes son? —preguntó el espeluznante hilito de voz del comandante cuando vio a Segundo, Maximiliano e Hipólita, en orden de estatura, a tres metros de las botas que había puesto a un lado.

Triple Equis pensaba que las lagunas mentales eran por tomarse aquellas píldoras para conciliar el sueño. Solía sentir la cabeza dormida, como un miembro, después de habérselas tomado. Su abuela, que era una rezandera de armas tomar, creía que era pura culpa, porque la primera vez que le había pasado se le había borrado de la mente la matanza de Yerbabuena, pero él estaba seguro —casi seguro— de que eran las pastillas. Y se las seguía tomando, a pesar de la desazón que trae la desmemoria, porque ya era parte del comandante Triple Equis eso de preguntar «gordo: ¿nosotros finalmente sí matamos a ese hijueputa?». Así era él. Se expresaba con las cejas. Se cubría del sol con una sombrilla aguamarina. Tomaba aire coleccionando películas porno. Y tenía su propia mala memoria.

—¿A quién se lo está preguntando, comandante? —dijo la voz aguda del agente Sarria con un lápiz en la mano derecha y con una revista de sopas de letras en la izquierda.

—Pues a usted, marica, a quién más —respondió el comandante sin moverse ni un poco de la silla.

—Ah, pues la familia del mudo: la esposa y los dos hijos de Salomón Palacios.

—Jajajá: es jodiendo —rio el comandante Triple Equis como diciéndoles a los presentes que no dejaba de sorprenderse con sus ocurrencias, pero era claro, para todos, que no tenía ni idea de lo que estaba diciendo.

—Es la señora que le dije ahorita —insistió Sarria por si acaso—: la vieja altanera.

—¿La que está pensando seriamente en dedicarse a mis películas? —preguntó el comandante para enrarecer la escena.

—¿Cómo así? —preguntó Sarria completamente perdido.

—Jajajá: que estoy jodiendo, marica, ni que no me conociera —insistió Triple Equis entre las risas forzadas de las mujeres que estaban haciéndole las uñas y cortándole el pelo.

—Ah…

—A mí lo que me gusta es joder: je —remató el comandante mirándoles las caras pálidas a Max y a Segundo.

Pero lo cierto es que no sabía de qué butifarras le estaban hablando. No se acordaba, por ejemplo, de que había estado en Belén del Chamí hacía apenas unos minutos. ¿Haciendo qué? ¿Diciendo qué? Sentía que se le había pasado la mañana en sus cosas: pensándose cómo sacar a las ratas del monte, bañándose largo, pajeándose, comiéndose las arepas de maíz que lo hacían pensar en esa mujer que no quería tenerlo cerca. Y lo único que le quedaba claro era que todo el que se atrevía a pisar su guarida en el campamento era porque venía a rogarle clemencia, por favor, comandante, por favor: una frase común y corriente de aquella época era «vaya a pedirle cacao a Triple Equis» y a él le gustaba que lo hicieran.

¿De qué podía servirle el poder si no era para decir «yo se la voy a dejar pasar por esta vez»?

—Yo me llamo Hipólita Arenas: yo soy la esposa del hombre que usted mató como un perro —le dijo ella a ver si alguien le pegaba un tiro por el amor de Dios.

—Yo sé perfectamente quién es usted, mi señora cajera del mercado, no se me envalentone de a mucho que aquí no hay necesidad —le respondió Triple Equis.

—Y estos dos son los huérfanos —agregó ella.

—Y estos dos son los huérfanos malditos, sí, mi señora, pobres pelaos porque en verdad no hay derecho, pero dígame pa' qué es que se ponen los sapos del comunismo a tener hijos.

—Con todo respeto, señor Saldarriaga o como sea que sea su apellido o como sea que le digan, mi marido no es un sapo sino para cobardes malparidos como usted —dijo Hipólita entonces trayéndose a sus dos hijos y apretándolos contra su estómago—. Usted a mí no me da miedo, ni con todos sus maricas armados ni con sus gafas polarizadas pa' que no se le vea que está podrido por dentro como cualquier hijueputa, porque a mí no me da miedo sino alegría la muerte: si usted nos mata aquí (y yo sé que el que mata a la gente de aquí es usted mismo, usted con sus propias manos, porque luego ni siquiera se acuerda) para ninguno de nosotros va a ser ningún problema porque nosotros no nos vamos de aquí debiéndole nada a nadie.

—Sarria: ¿esta no es la mujer que usted me dijo el otro día que quería quedarse para usted?

—¿Por qué, mi comandante? —dijo poniendo su revista de sopas de letras y su lápiz sobre la mesita en donde estaban los esmaltes y los algodones de las estilistas.

—Porque estoy pensando que me sirve de protagonista de esa película que quiero hacer sobre una mujer que se la picha por detrás una manada de guerrillos: ¿no le conté?

Lo dijo porque vio de reojo el miedo de los niños. Maximiliano le quitaba la mirada y la fijaba en partes de las cosas: en las uñas, en las gafas oscuras, en las botas paradas como testigos, en las ametralladoras, en las imágenes del programa *No me lo cambie* en la pantalla del televisor. Segundo se decía a sí mismo una oración de las que se había aprendido desde muy niño, «Llévame, Dios, cuando tú quieras / al lugar mudo de la vida / en donde no hay mares ni hay eras / sino el alivio de la herida», con los ojos cerrados como en el ojo de un huracán, como en el ojo de un espanto. Se veía que el uno iba a morirse de miedo primero que el otro. Se notaba que el grande iba a desmayarse porque estaba blanco, blanco, atragantado con su miedo. Y el pequeño iba a pedirle clemencia al Señor o al comandante Triple Equis.

—Niños: yo los puedo matar a los tres aquí afuera si es lo que su mamá quiere que haga, pero con que alguno de ustedes dos me ruegue yo no tengo ningún problema en perdonarles la vida —les dijo el comandante acomodándose en la silla.

129

Todos se hicieron a un lado. El comandante Triple Equis se quitó la sábana que le habían puesto para peluquearlo y la dejó caer al piso. Volvió un puño la mano que estaban arreglándole. No era muy alto, un metro sesenta y cinco centímetros según la cédula de ciudadanía que guarda el sobrino de doña Truque, pero le pareció que si se ponía de pie —y si después se ponía las botas— iba a darles más miedo. Levantó las cejas y las dejó levantadas, como tatuadas en el centro de la frente, en su camino hasta los tres deudos del sapo. Se mordió el labio inferior y se le puso roja la cara porque en ese momento su alma era su violencia. Se quedó mirándolos, detrás de sus gafas plateadas, con la respiración estremecida de un hombre que está a punto de matar. Zapateó para que las botas acabaran de encajar. Chasqueó antes de actuar: ¡tap!, ¡tap!

—Digan a ver si quieren vivir —les dijo a unos centímetros de sus caras con una mano en el revólver.

El agente Sarria se puso de pie también porque pensó que tenía que respaldar al comandante. Quería vengarse de Hipólita: qué se creía esa mujer para negársele, qué se juraba esa mujer, por decirle de alguna manera, para humillarlo enfrente del pueblo. Quería pegarle el tiro él mismo de ser posible. Tenía ganas de que antes sufriera, de que recuperara el miedo a morirse que se le había quitado, pero para qué se mete un agente de la ley a hacer justicia si ya hay un hombre dispuesto a ensuciarse las suelas. Se acercó a Segundo, Maximiliano e Hipólita, que cada cual esperaba a su modo la muerte, con el revólver entre el puño. Fue como si su espíritu se hubiera apagado por un momento, y su cuerpo se hubiera encargado de todo, como suele ocurrir cuando uno se pone violento.

Hablaban. Decían cosas que podían cambiar el rumbo de esta historia. Pero él era una máquina que ya lo tenía todo decidido.

—Porque ustedes no tienen por qué morirse si la que quiere morirse es su mamá —recordó el comandante Triple Equis con las manos en alto.

Hipólita los apretó contra ella como recordándoles que iban a hacer lo que habían dicho desde que salieron de la casa, que estaban juntos hasta el final y que ese era el final. Se sintió avergonzada por un momento porque la peluquera y la manicurista empezaron a pedirle que no siguiera adelante con el plan, con el delirio: «Ay, señora, pare ya...», «ay, señora, que no se busque la muerte...», «ay, señora, usted tiene que vivir para sus hijos...». Se puso seria e inquebrantable cuando le vio la sonrisita al asesino ese. Sintió su rabia como un corrientazo ante la figura del agente: cómo podía un hombre ser tan poco hombre. Pensó en lanzarse sobre él para marcarlo con las uñas y con los dientes antes del disparo. Dio un paso atrás cuando notó que todos estaban viendo las palabras del tal Triple Equis.

—Yo he visto matones llorando porque se alcanzan a dar cuenta de que los van a quebrar —reconoció el comandante ladeando la cabeza—, pero hasta ahora veo una mamá que quiere que le maten a sus hijos.

Años después, el desquiciado José Gregorio Saldarriaga, alias Triple Equis, terminó tan mal como lo imaginó desde niño: despedazado a tiros en una balacera, en un entablado en la atestada Plaza de Bolívar de San Isidro, un poquito antes de ser condecorado con la Orden al Mérito Policarpa Salavarrieta «por su labor en la pacificación de la región». Ocurrió en la última Semana Santa del siglo pasado: el Viernes Santo de 1999. Sucedió la procesión de todos los años, escena por escena, como si se estuviera escribiendo un trauma. Y entonces, cuando el comandante se puso de pie para recibir su medalla, no hubo sombrillas ni gafas oscuras ni guardaespaldas que detuvieran los fogonazos. Quedó ahí. Se veía más ridículo que trágico porque se había puesto corbata.

Tiene la boca abierta y los ojos apuntando hacia atrás en la foto que salió en el diario *El Colombiano* al día siguiente.

A unos pasos están los cuerpos taladrados y a medio cubrir de los tres escoltas que siempre iban a su lado.

Pero ese sábado 29 de febrero de 1992, allí en su escondite en la enramada, que si uno va hoy sólo quedan las ruinas, era imposible desearle esa muerte porque era imposible imaginarla.

Dio un paso al frente para que Hipólita se le lanzara de una vez si era que se le iba a lanzar. Siguió acercándose a los tres desgraciados, que estaban enrostrándole un asesinato que él ni siquiera recordaba, porque las letanías de las estilistas le daban más ganas de acabar con todo: «Por favor, comandante, déjelos ir...». Y entonces todo empezó a pasar más rápido, como una pesadilla, como una locura, porque empujó a la madre lejos de los hijos: ¡tan! Y lo hizo con tanta fuerza, con tanta rabia, que pareció que se los arrancaba y que ya estaba pasando lo que tenía que pasar y se había acabado para siempre el tiempo de pensar. A ella, a Hipólita, la agarraron de los brazos un par de esbirros: «¡Suéltenme hijueputas!». Y la arrastraron fuera del lugar porque esa fue la orden.

Y sus hijos la oyeron gritar «¡atrévase a hacerles algo a mis niños y verá que yo lo mato!» cuando ya no valía la pena gritar eso ni nada.

Y luego vieron que otros verdugos sacaban a la peluquera y a la manicurista sin pagarles, «vaya mamita a su casa que el comandante está ocupado...», y que las pobres señoras agarraban un fajo de billetes pero dejaban las tijeras y las pinzas para el arreglo de las uñas sobre la mesa.

Y los dos muchachos no se pusieron a gritar «¡mamá!», «¡mamá!», ni alcanzaron a pensar en la mamá lanzando mordiscos y aruñazos allá afuera, pues el comandante Triple Equis les chasqueó los dedos —tap, tap— para que los dos lo miraran a las gafas plateadas y luego dio un aplauso atronador como diciéndoles que así de duro era que él pegaba. Los separó unas baldosas. No los dejó agarrarse de la mano. No les permitió ponerse de acuerdo en ninguna cosa más.

—Hagan de cuenta que ella ya está muerta —dijo.

Y entonces, mientras Segundo lloraba y Max contenía las lágrimas, mientras temblaban las mandíbulas de los dos hijos del estorbo al que habían matado hacía cuarenta y dos días ya, el comandante les dijo que ahora sí podían sentarse a pensar si querían también morirse. De pronto podían irse a vivir donde una tía. Quizás los vecinos, que no tenían hijos ni perros pero que iban a administrarle a él esas tierras de ahí en adelante, podían encargarse de ellos. Quién iba a saber: de pronto podían quedarse allí mismo junto a él, el comandante Triple Equis, como un par de reclutas listos a servirle a la patria colombiana. Eso: él podía prometerles que iba a cuidarlos, a ponerles trabajos, a darles una vida mucho mejor que la vida que les estaban dando.

—¿Ustedes dos sí quieren que los muchachos les peguen un pepazo y ya no más? —les preguntó a los ojos cerrados de los hijos del mudo—: yo voy a darles cinco, seis, siete minutos para pensárselo bien.

Sí, ellos les habían matado al papá en la puerta de la casa —continuó—, pero había sido porque el malparido del mudo, que así lo llamaban en el campamento, se negaba y se volvía a negar a respetar las leyes de ellos. Seguía colaborándoles a los vendidos y a los guerrillos y a los comunistas. Seguía aprovechando las ceremonias de la Iglesia Pentecostalista del Espíritu Santo para hacerles trasteos y vueltas a los enemigos. No le era fiel ni siquiera a la mamá. Pero no fue por eso que decidieron matarlo, que cada cual es libre de hacer de su culo un candelero, sino porque de alguna manera tenía que creerles que le estaban hablando en serio cuando lo amenazaban de muerte, cuando le decían que les diera la tierra de su mujer, que era la que les servía, y se llevara a su familia en paz, y cuando le repetían la palabra de Dios: «Mire mudo: ayúdate que yo te ayudaré».

Se hizo matar. Se les envalentonó, se les alzó el pobre marica, como lo estaba haciendo la mujer ahora, pero los hijos no tienen por qué cometer los mismos errores de sus padres.

—Y de pronto ustedes dos, que el uno es crespo y el otro es liso, a la final no quieran los dos la misma cosa —se quedó pensando—: a mí se me murió mi hermano entre el río y he seguido viviendo.

Y ocurre en la vida que uno se la pasa pensando que no va a poder solo —les dijo— y luego empieza a darse cuenta de que solo es que ha estado desde que nació. Él de vez en cuando se acordaba de su propio taita y le daba vergüenza por haber vivido tanta vida sin el viejo, por haber hecho tantas cosas sin él. A veces pensaba en las mujeres que trataban en vano de ser su mamá porque su papá se aburría de ellas como se aburría de todo lo demás. Se preguntaba por la suerte de su madre, igual que se lo habría preguntado cualquier hijo de Dios, porque unos le decían que había desaparecido un viernes y otros le contaban en secreto que había escapado un domingo a medianoche. Pero luego nada de eso le importaba porque por algo es que se dice que nadie sabe la sed con que otro bebe: «Uno es solo».

Y, según amanezca, según le toque, va por ahí haciendo lo que tenga que hacer.

—Dígame la verdad, Sarria —dijo en la puerta de salida de su guarida antes de dejarlos allí—: ¿yo mismo le disparé al papá de estos pelaos?

—Sí, mi comandante, usted fue —le respondió la vocecita reticente del agente de la ley—: ¿por qué?

—¿Qué le importa?: pues porque quiero saber.

—Fue usted, mi comandante.

—Pues yo no me acuerdo cómo es que fue —reconoció sorprendido, él mismo, ante la noticia—, pero créanme que no fue por nada, pelaos, sino por darles ejemplo hasta a ustedes.

Taconeó las botas un poquito más. Se puso su gorra de comandante pero también abrió el paraguas porque el sol trapero de Belén del Chamí estaba poniéndolos a todos en su sitio aquella tarde. Y como dejó las puertas abiertas a su salida, porque no le pareció buena idea que se quedaran encerrados dándose ganas de vengarse, se le escuchó chasquear los dedos para dar quién sabe qué orden. Hipólita, la mamá, ya no gritaba. O sea que el hijueputa no estaba mandando que la fusilaran, ¡tap!, ¡tap!, porque para qué rematar a una mujer doblegada. O sea que quizás se la habían llevado a otra parte a desfigurarla. Y estaba allá, en la orilla resbaladiza y hedionda del río Muerto, pidiéndole de rodillas al Señor que no la mataran a ella si no iban a matarlos a los tres de una vez.

Maximiliano le dijo a Segundo que él sí no se iba a morir. Segundo le respondió entrecortado, tragándose las lágrimas y las babas, que él prefería morirse si la mamá estaba muerta. Maximiliano entonces trató de darle a su hermano menor la orden de no llorar como un marica y la orden de darle ese papelito que se la pasaba mirando como un secreto: «Cuento hasta tres…», le dijo, pero ahí mismo empezó a quedarse sin aire, ay, porque se iba a poner a llorar. Se quedaron mudos un rato, tratando de pensar y de decir alguna cosa, hasta que comenzaron a darse cuenta de que se les estaban pasando los cinco, los seis, los siete minutos que les habían concedido. Y entonces Segundo escuchó a su hermano mayor pidiéndole entre lágrimas que no lo dejara solo: «Por favor…», «por favor…».

Y sintió que tenía que recibirlo en sus brazos, y lo recibió, encorvado porque cómo más si era mucho más alto que él, y le acarició y le besó la cabeza encrespada, y qué más iba a hacer si era lo único que tenía en la vida.

Segundo no dijo nada más. No pudo pensar una sola oración ni tuvo que hacerlo porque allá afuera la mamá, Hipólita, empezó a gritarle al comandante Triple Equis «¿dónde están mis hijos, malnacido, qué les hizo?». Y se quedó gritándolo una y otra vez hasta que el verdugo de Belén del Chamí, que hizo lo que quiso con el pueblo hasta el día en que le llegó su turno, dijo «mírelos, mírelos» a la mujer encolerizada porque los dos niños tuvieron que aparecerse bajo el umbral de su puerta. El centro del campamento, que aquel tierrero rodeado de trozos de selva parecía ser el centro, fue llenándose de muchachos de camuflado listos a dispararle al primero que se metiera con su jefe. Y ella se calmó cuando los vio y volvió a enloquecerse cuando no los dejaron abrazarla.

El comandante Triple Equis le preguntó al agente Sarria si todavía quería quedarse con la mujer.

El agente Sarria le contestó al comandante Triple Equis que ya no porque lo había humillado enfrente de la comunidad.

El comandante Triple Equis le preguntó al agente Sarria si entonces quería ser él el hombre que le pegara el tiro.

El agente Sarria le contestó al comandante Triple Equis que era mejor que un policía no hiciera esa clase de trabajos.

El comandante Triple Equis le pidió al agente Sarria que le prestara el revólver que le colgaba del cinturón como un amuleto de verdad.

El agente Sarria le pasó el revólver al comandante Triple Equis sin pensárselo dos veces: ¿quién iba a investigar el caso: él?

Y el comandante, que no podía gritar porque su garganta no era suficiente, le pidió a su ejército que le contara a toda la gente de la región lo que iba a ver porque la moraleja de la historia ya era que en Belén la ley es para todos. Dijo «esta mujer se va a morir porque yo voy a matarla, pero también porque eso es lo que ella quiere». Dijo «eso es lo que ella quiere porque ella cree que la noticia va a mandarnos a prisión», pero que la verdad era que él era el bueno de la historia porque él era el orden y que además las prisiones eran suyas. Dijo que la soltaran y que se hicieran a un lado para que él pudiera apretar el gatillo del «fierro de la patria» que empuñaba. No logró que Hipólita se pusiera de rodillas, «no…», apenas que cerrara los ojos. Pero sí pudo humillarla cuando le dijo «todavía está a tiempo de rogarme».

No es fácil saber, veintiocho años después, si el comandante estaba dispuesto a dispararle a la mamá. Yo pensaría que no: que el cabrón lo habría hecho, ¡pum! y listo, si le hubiera dado la gana. Pero lo cierto, que es cierto porque todos lo cuentan igual, es que Maximiliano se libró de las manos que lo tenían preso y se le lanzó encima al verdugo desmemoriado con las tijeras de la peluquera en la mano. Que ese ejército se quedó quieto en pleno como si estuvieran viendo una pelea de gallos, una pelea de espantos. Y que en el forcejeo el hijo mayor de Salomón Palacios apenas alcanzó a cortarle la palma de la mano que no estaba empuñando el revólver —y el comandante murió, siete años después, con esa cicatriz en la línea de la vida— porque Hipólita se puso en medio para que su hijo no se le volviera otro asesino.

Maximiliano había agitado las tijeras afiladas, como si fueran un puñal entre el calor de esa tarde, y cortó a Triple Equis. Hipólita le había agarrado el brazo a su hijo, de la muñeca, cuando el niño iba a dar el siguiente zarpazo: «¡No más!». El revólver había quedado en el piso como cualquier cosa. Y unos segundos después hubo silencio porque el comandante tenía a la madre y al hijo agarrados del pelo, de rodillas los dos y los dos tragándose las quejas, semejantes a un par de fieras domadas.

—¡Quietos! —gritó a su manera, extinguida, sofocada, cuando notó que sus tres guardaespaldas salían del trance con los tres fusiles en la mano.

«¡Quietos!», repitió un par de veces más hasta que sólo se escucharon las ramas de los árboles y los pájaros nerviosos. El claro de tierra rodeado de hombres armados y de selva era también un claro de sol: una pequeña arena en la que un luchador acababa de vencer a sus dos adversarios con sus dos garras. El viento barría el piso y armaba polvaredas que cerraban los ojos. Y el comandante soltó una frase lejana, tenue, que algunos dicen que fue «nadie haga nada hasta que yo diga» y otros dicen que fue «vamos a resolver esta mierda ya». Hipólita le susurró a Maximiliano algo así como «ya se va a acabar…». Maximiliano resopló y miró fijamente el suelo como diciéndose «ya se acabó…». Y el corazón se les resucitó en el pecho cuando escucharon a Segundo pidiendo piedad.

—¡Perdón!, ¡perdón! —empezó a gritarle al comandante como gritaba cuando su hermano mayor iba a castigarlo porque sí.

Y Triple Equis soltó una risotada de victoria, jajajajajá, porque alguno de los tres había rogado por las vidas de los tres. Y soltó una de las cabezas por un momento y se puso a chuparse la sangre de la palma de la mano para que todos dejaran de ladrar.

—Por favor no nos mate a ninguno: por favor, por favor, por favor —lloró el niño dando un paso y poniéndose de rodillas adentro del ruedo en el que su hermano y su mamá tenían cerrados los ojos.

Quién sabe si lo estaban odiando por haberse rendido. Su papá jamás habría pedido de rodillas que no los mataran, porque había sido siempre muy orgulloso y porque había crecido en un mundo resignado a la muerte, pero él se lo imaginó escribiéndole «Segundo: usted no se vaya a hacer matar como yo», «Segundo: usted cometa sus propios errores». Y se lo imaginó echándoselo en el hombro, igual que cuando era un niño de cinco años, como un bulto de papas. Y se lo imaginó dándole palmaditas en la espalda hasta que dejara de temer y de llorar. Y haciéndole saber a Maximiliano, mientras tanto, que cada quien tenía su propio destino y el suyo era seguir viviendo: que el muerto era él y nadie más que él. Y repitiéndole a Hipólita lo que siempre le escribía en las servilletas: «Haga caso».

—¡Que el papá le manda decir que haga caso! —le gritó Segundo a la mamá porque la vio tratando de morderle la mano herida al verdugo y lanzándole gargajos a su piso—: ¡haga caso, Hipólita, no más!

Hipólita abrió los ojos como si por fin hubiera entendido la lengua en la que le estaban hablando y fuera su marido quien le estuviera suplicando que la escuchara por una vez en la vida. El mudo Salomón Palacios la había enamorado de tanto estar presente: la llevaba adonde ella dijera, la esperaba sin averiguarse la hora, le cargaba las bolsas de la compra, la acompañaba de vuelta a la casa, la miraba y la seguía mirando como si no se cansara de ella. Ella le dijo muchas veces que no: «Yo es que no veo que usted y yo podamos durar juntos». Ella le pidió mil veces que se quedaran de amigos. Pero un día dejó de verlo manso y mudo y comenzó a verlo amenazante, y fue la noche en la que le pidió que no se fuera más. A la mañana siguiente, amanecidos, le confesó que tenía miedo.

Y él se la pasó diciéndole que no con la cabeza, aun cuando ella se empeñara en darle la espalda desnuda en aquella cama para uno nomás, como diciéndole que él lo que quería era estarse hasta viejo con ella.

Y, como ella lo atacó con peros como «pero es que todos los hombres acaban sacando el culo…» o «pero es que va a ver que usted se va a aburrir de mí mañana…» o «pero es que usted y yo lo que veníamos siendo era amigos…», le escribió las palabras «haga caso» en una bolsa de papel que ella tenía.

Poco a poco empezó a quererle todo: que temblara cuando se reía, que se escribiera esas parrafadas en el bloc de hojas amarillas porque tenía que contarle alguna cosa que había visto, que la despertara siempre a la misma hora acariciándole la cabeza, que se encogiera de hombros cuando ella le gritaba que estaba cansada de recogerle el desorden, que se le fueran las madrugadas de los sábados haciéndoles favores a los conchudos y a los garranchos, que llevara a los hijos él solo a las ferias del pueblo para dejarla descansar, que se levantara primero que los demás a afeitarse con la única navaja que le había conocido, que se la pasara llevando el ritmo de «ya llega la mujer que yo más quiero por la que me desespero y hasta pierdo la cabeza», que se fumara uno después de otro como reconociéndose débil, que le escribiera «haga caso» sin esperar que lo hiciera.

141

«Haga caso», «haga caso», «haga caso»: su hijo Segundo se lo estaba repitiendo con una voz nueva, gruesa, que era la voz que habría tenido su marido el mudo de haber tenido voz y de haber sido superior a su soberbia, la voz estridente e insólita que ella tenía que escuchar de golpe para volver del delirio como volviendo de la propia muerte, la voz adulta y cuerda con la que jamás cuentan los niños —y que los para en seco y los sujeta y los despierta y los conduce a regañadientes— cuando ya han pasado demasiados días rodeados de otros niños y ya han empezado a olvidar las peores acepciones de palabras como «venganza» y «crueldad».

Yo creo que Hipólita sintió una vergüenza desconocida apenas vio de rodillas a la dignidad de su hijo. Yo creo que fue ante esa aparición entre el polvo como por fin consiguió ser espectadora de sí misma, y por fin vio y por fin oyó a Segundo, porque le pareció que aquel ya no era su hijito rezandero que no se merecía pasar por este mundo, sino que era un viejo con gestos ajenos y con gestos propios que tenía adentro el coraje para mostrarle lo obvio. Yo creo que así regresó de su puesta en escena tal como regresa una persona de la hipnosis: ¡tac! Y así entendió los gritos de ese corrillo en la selva. Y así notó y supo sus actos. Y captó que el fantasma de su marido iba a estar con ellos siempre que ellos lo quisieran: «Haga caso». Y dejó de verle la lógica a disponer de la vida de ese par de hijos listos a portarse como padres.

—Déjenos ir, hijo de puta, y yo le juro por mi marido que nosotros no volvemos —le dijo Hipólita a Triple Equis en voz baja.

Y él entonces les soltó el pelo, y soltó las greñas muertas que se le habían quedado entre los dedos, y ellos se arrastraron con el culo a tierra un par de pasos allá. Y les explicó a sus hombres, que ya no parecían parte de una gallera sino de un funeral, que no valía la pena quebrar a esos tres pendejos porque ejecutar a los suicidas no era darles castigo sino gusto y porque luego la gente de Belén

142

del Chamí iba a pensar que estaban fusilando inocentes: «El papá no es culpa de uno», dijo. Y al final de su pequeño discurso lanzó el grito ahogado «¡véndenlos!» o «¡tápenles los ojos a estos carevergas!»: cualquiera de los dos. Y zapateó y chasqueó los dedos para que lo hicieran. Y pronto Segundo, Maximiliano e Hipólita, en ese orden, estuvieron con las manos atadas y vendados en el centro del claro del campamento del Bloque Fénix.

—Niños —les dijo el comandante echándoles en la cara el mal aliento y con la voz paciente que usaba cuando era vendedor de suplementos—: última vez que les digo que aquí se pueden quedar.

El comandante Triple Equis se le paró al lado a Segundo y Segundo le dijo que no cuando entendió que el asesino de su padre de verdad estaba esperando una respuesta. Se puso atrás de Maximiliano y Maximiliano le susurró «queremos irnos» y «queremos irnos de Belén» para espantar el pavor: «Tengo veinte mil quinientos setenta pesos en el bolsillo...», agregó. Y entonces se arqueó, el jefe del campamento, el jefe del pueblo, porque acababa de bajarle un corrientazo desde los hombros hasta la cintura. Y exclamó decepcionado, «¡bah!», porque se sintió perdiendo su tiempo. Y el aire fue menos espeso, menos cerrado y pastoso, y empezó a correr algo de frío entre las ramas. Y comenzó a ponerse gris y negro el cielo porque ya iban a ser las seis de la tarde. Y cada día hay una hora, en ese pueblo, en la que ya nadie quiere más lucha.

—Pues lárguense —les dijo el comandante resignado y magnánimo.

Y se volteó, y caminó sin darles la espalda hasta ese refugio que hoy es un par de muros rotos, y entró con cuidado de no caerse porque cuando él caía no era sólo él sino también su cargo el que lo hacía.

—Déjenmelos al lado del río a ver qué —agregó, antes de cerrar la puerta, para que fuera claro que en este mundo nadie vivía ni moría sin su aprobación.

Veintiocho años después sigue contándose la historia como la he estado contando. Se habla del comandante pornógrafo, del pastor monstruoso, del agente de policía podrido, de los vecinos traicioneros, del enterrador que dio su vida por cumplir con su deber, del espanto del escrupuloso mudo que jamás se negaba y jamás se negó a servir. Se cuenta y se vuelve a contar con estas mismas palabras que he estado usando, que son las palabras que se usan en aquel Belén del Chamí que aún no aparece en el mapa, la fábula real de la madre que un día bisiesto fue de verdugo en verdugo pidiendo a los gritos que los mataran a ella y a sus dos hijos porque les habían dejado la familia sin padre. Fue a principios de 2017, en el peor trancón de un larguísimo viaje en carro de Zipabá a Bogotá, cuando Segundo Palacios me lo contó.

Comenzó así: «Yo sé cómo es esa clase de gente porque gente como esa me mató a mi papá». Dijo esto un rato después: «Mi mamá se puso a gritarles a todos, a ver si alguno nos mataba, porque quería morirse con él». Y acabó así: «Yo no tendría cómo pagárselo pero sí le quería pedir el favor de que contara esa historia tal cual».

Tuve que confirmar la historia punto por punto porque me dio miedo creérmela desde la primera vez que la oí. Conseguí los teléfonos de un par de hombres de Triple Equis que dejaron las armas y se convirtieron en guardaespaldas aquí en Bogotá y que Segundo se encontró una vez en el estadio. Tomé fotografías de una punta a la otra de Belén del Chamí. Vi la valla oxidada en la cabecera del pueblo: «No hay imposibles sino falta de güevos». Hablé con los viejos del pueblo en la panadería que fue de doña Dora.

Vi las ruinas del campamento. Recogí los volantes retorcidos que los asesinos del Bloque Fénix deslizaban por debajo de las puertas y entregaban ellos mismos en el templo. Visité a la bruja Polonia en la casa estropeada en la que ha estado viviendo desde los sesenta y uno hasta los noventa y tres. Y entendí, ahogado entre el calor junto al río Muerto e incapaz de respirar el aire espeso que sí pueden respirar los belemitas, que no iba a ser capaz de despojar ese lugar de su misterio: sólo los vivos y los muertos de allá pueden verlo.

Pero de tanto hacer preguntas tengo claro, por ejemplo, que el comandante Triple Equis no quiso matar a los tres Palacios vivos y que además los dejó ir porque es de mal agüero matar a la viuda de un hombre al que uno mató.

Segundo, Maximiliano e Hipólita estaban ciegos. La noche de Belén del Chamí es una pared renegrida que pone a dudar a cualquiera. No se ve nada. No se va aclarando. Y ellos tres además habían sido atados de manos y vendados con tres bayetillas rojas para que vieran mucho menos. Hicieron lo que les dijeron que hicieran porque el comandante empezó a gruñir «váyanse, váyanse», «sáquenme a esta gente que tengo que hablar con el patrón», y no dijo nada más sobre matarlos. Se subieron al remolque de un camión que, luego de olerlo y de tocarlo, resultó ser el del furgón blanco del mudo Salomón Palacios. Se sentaron donde les dijeron: «¡Ahí!». Se entiesaron porque una bestia de esas iba adentro con ellos. Se quedaron en silencio, tal como se los habían ordenado a los madrazos, aunque el camión se meciera y se tambaleara en cada curva de la vereda arruinada.

Fue un acto de crueldad —y nada más y nada menos— eso de irlos empujando del camión uno por uno como si fueran cadáveres.

Atrás, en el remolque, quedaron las bolsas de basura con los objetos del papá que olían a cigarrillo, quedaron atrás los dos suvenires de la vida del mudo, el sombrero y la camisa blanca, que habían escogido los hijos para nada.

El furgón, conducido por algún quinceañero de esos de la guardia de Triple Equis, arrancó cojeando por la bajada que va a dar al río Muerto. Y cuando el viaje se puso menos escabroso, porque tomaron el camino de la ribera, que no ha cambiado desde entonces pero sigue siendo algo mejor, se paró de golpe porque al secuaz que iba en el remolque con ellos se le ocurrió la idea perversa —quizás tenía la orden— de irlos lanzando uno por uno a la oscuridad. Primero empujó a Segundo a un pastizal: «¡Mamá!». Después, unos dos minutos más tarde, botó a Maximiliano: «¿Dónde estamos?». Y al final, insensible al ruego «por lo menos déjeme cerca de mis niños», arrojó a la señora Hipólita sin saber adónde: «Yo los habría matado por martilladores, vieja hijueputa», dijo, «agradezca».

Pero primero que todo fue Segundo. El soldadito del Bloque Fénix, que soltaba odio y asco para librarse del diminutivo, dijo «bueno: aquí se queda uno» con su voz gallosa de muchacho y levantó al hijo menor porque le dio la gana. Dio unos golpes violentos en la lata del remolque del furgón, ¡tas!, ¡tas!, para que el conductor —que iba escuchando vallenatos en la radio a todo volumen— parara el furgón que había sido del sapo. El chofer paró en seco porque, como si se tratara de un caballo viejo o qué sé yo, después de esa noche nadie supo manejar el camión como tenía que ser manejado. El soldadito abrió las puertas y las lanzó hacia adelante. Y dijo «¡suerte!», y sonó genuino, antes de empujar a Segundo al vacío con un patadón.

Segundo recuerda el patadón porque nunca más volvió a sorprenderlo un golpe. Cayó a un pastizal que al mismo tiempo era un hundimiento en la orilla del río Muerto. No siguió rodando porque tropezó con una montañita de piedras de todos los grises y todos los negros a la que estaba creciéndole una mata. Pudo verla porque la luna menguante de ese sábado 29 de febrero, que ya era apenas el borde de una uña a punto de ser nada, algo iluminaba las aguas cerradas del río. Pudo verla porque la caída le corrió la venda hacia los surcos de la frente, que desde niño los tuvo de viejo. Tardó en pararse porque tenía las manos atadas. Poco a poco fue saliendo a los trancazos, de ese pastal ahuecado en la ribera, echándose hacia delante para no perder el equilibrio.

Ya arriba trató de zafarse, porque veía por un ojo nomás y avanzar en el camino era peor con las manos amarradas, pero un par de minutos después sintió que estaba perdiendo el tiempo, que tenía que buscar la vía pedregosa de la orilla si quería volver a ver a su familia. Siguió subiendo el pequeño monte, el vano, el socavado, la fosa por la que había rodado. Llegó al camino como pudo y siguió por ahí y temió a su lado izquierdo a los enramados de la selva que era un escondite de espantos y a su lado derecho a las aguas imperturbables del río que era un cementerio de cuerpos sin alma. Quiso llorar y lloró y se tragó las lágrimas a ver si de algo le servía. Estuvo a punto de renunciar, de sentarse allí en el piso, porque dónde iba a encontrar a la mamá y al hermano.

Siguió caminando para vivir y desde entonces siempre lo ha hecho. Pero dudó si irse hacia allá o hacia el horizonte contrario porque a veces no era sino un niño y trate usted de saber cuál es el norte y cuál es el sur en ese rincón de esa selva.

Pidió al Señor entonces que lo llevara por el camino en el que iba a encontrarlos: «Teme quien no recuerda a Dios / teme quien no tiene memoria / porque el Señor será la Historia / y seguirá siendo su voz».

Y, como por primera vez su Dios no le pareció suficiente, pensó en el papá y en la lloviznita que se estaba volviendo lluvia y en la creciente de la canción: «Un grande nubarrón se alza en el cielo / ya se aproxima una fuerte tormenta / ya llega la mujer que yo más quiero / por la que me desespero y hasta pierdo la cabeza». Y siguió cantando cada vez más duro, cada vez menos impedido por el horror de esa noche, bajo esa luz boscosa y ante ese pasaje amenazador, porque se la sabía de memoria y qué más podía hacer para que nada malo se le acercara: «Y así como en invierno un aguacero / lloran mis ojos como las tinieblas / y así como crecen los arroyuelos / se crece también la sangre en mis venas».

Recuerda ese miedo como si lo estuviera sintiendo: las vísceras hechas un nudo y el pantalón empapado de orines.

Recuerda que pensó «¿y yo qué hago si no los vuelvo a ver?», «¿será?», porque ese parecía el camino más largo del mundo.

Sintió chillidos y crujidos entre los árboles y cada vez se fue más pegado a la orilla del río. Sospechó verdugos y monstruos mirándolo entre los palos. Vio volar tríos de pájaros negros sobre el agua que reflejaba el cielo para nadie. Fue más rápido, dio zancadas de niño, con la ilusión de que la vía empezara a ir a alguna parte. Cantó porque qué más podía hacer para espantar espantos y qué más iba a aliviarlo como lo estaba aliviando cantar: «El mar sereno se vuelve violento / parece una gigante marejada / ya crece la alegría en mi pensamiento / como el despertar de un sueño / porque vi mi prenda amada». Se sabía de memoria esa canción: *La creciente*. ¿Por qué? ¿Cuándo? ¿Cómo?

¿Por qué estaba respirando y caminando y pensando mejor? ¿Cuándo se le habían desanudado las entrañas y se le habían desatado las dos manos? ¿Cómo había logrado que el pavor a la muerte inevitable se hubiera convertido en el temor a encontrarse una rata en el apagón de la orilla de las aguas?

Era como si llevara un paraguas o como si Dios estuviera apareciéndosele esa primera y última vez que se nos aparecerá a todos. Pero también era un espíritu, un aliento, un remedio dentro de su cuerpo: era como cuando iba de la mano con su padre porque temía y seguía temiendo —Segundo dejaba de ser Segundo cuando no temía—, pero también pensaba paso por paso que cualquier cosa podía ocurrir en el mundo que ya el papá la resolvería. Ay, su papá lindo, su papá de manos enormes y callosas que era el orden de las cosas. Hubiera querido sostenerle la cabeza mientras se moría y darle las gracias y decirle que iba a seguir siendo la persona que él le había dicho que fuera. Y se lo dijo en voz alta porque sabía que era lo que tenía adentro y lo que iba cargando.

Y luego le pidió que le diera una señal de que iba por el camino correcto como si desde ahora el papá remplazara en su trabajo a Dios.

—Ayúdame —le rogó—: líbrame del mal.

Y jura por la memoria de su papá que entonces, como sintió que el espanto estaba llevándolo y susurrándole la letra, siguió cantando «ya se alborota mi pecho latiendo / como el repiquetear de una campana / ya se hizo la luz en mi pensamiento / como sombras de luces declinadas» y siguió cantando «los ríos se desbordan por la creciente / y sus aguas corren desenfrenadas / y al verte yo no puedo detenerme / soy como un loco que duerme y al momento despertara» y siguió cantando «y así como las nubes se detienen / después de un vendaval viene la calma / a todo río le pasa la creciente / que no es el amor que llevo en mi alma». Y, cuando cantó el final de la canción, su hermano le pidió auxilio al otro lado de la vía.

El hermano menor desató al hermano mayor y lo ayudó a levantarse. Se fueron los dos juntos a paso de miedo, pegados al boscaje, gritándole «¡mamá!», «¡mamá!» a la incertidumbre. Belén del Chamí era en ese entonces un pueblo de mujeres solas y de hombres desaparecidos por siempre y para siempre. Y los hombres desaparecidos, que lo más probable era que se los hubiera llevado el río Muerto, se volvían fantasmas y personajes agrandados por el paso del tiempo y ruidos sorpresivos y sin razones de ser. Y las mujeres solas se la pasaban dejándose de los sinvergüenzas y casándose con los aprovechados con tal de que no las violaran los bellacos. Y nada de raro —quizás algo de alivio: algo un poco mejor— habría sido encontrarse con el cadáver de Hipólita allá donde se acababan los árboles.

Caminaron por la orilla del río a tropezones y agarrados el uno al otro con la tentación de volver, porque no tenían nada más sino ese pueblo y ese templo y esa casa en aquel silencio que da un poco de miedo y un poco de paz, y que han extrañado el resto de la vida, pero siguieron adelante porque si la mamá seguía viva entonces estaba adelante. ¿Qué les escribiría el papá de lo que estaban haciendo?: ¿escribiría «sigan»? ¿Qué les diría la mamá? ¿Qué iban a hacer si no la encontraban nunca más?: ¿recordarla? ¿Qué iban a hacer con ella si aparecía furiosa con los dos por no haberla seguido en su plan? ¿Qué cara les iba a poner? ¿Iba a dejarles de hablar semanas y semanas como esa vez? ¿Querría vivir después de todo esto?

Se dijeron «vámonos allí hasta donde empieza el monte», que era donde terminaba el ramaje y no había ruido sino eco, como poniéndose una fecha para resolverse una duda. Maximiliano miraba hacia delante. Segundo miraba hacia atrás. Subía el frío como pedacitos de hielo desde la tierra porque ya eran las ocho, las nueve, las diez de la noche. Se les entraba el helaje por los tobillos. Y también se lo tragaban mientras el hermano mayor insistía en que los hijos de puta de Triple Equis estaban siguiéndolos, y en que todo era un juego macabro para matarlos de miedo y para hacerle daño y más daño a la mamá, y el hermano menor respondía que él creía que ya los soldados se habían devuelto al campamento en el furgón del papá y que ahora el problema era adónde irse.

Fue entonces cuando escucharon un aullido que hasta el día de hoy no han podido saber qué clase de animal lo suelta.

Y desde lejos, por ahí unos doscientos metros atrás, empezaron a ver el cuerpo de la mamá acostado en posición fetal como un cuerpo sin alma.

Corrieron: «¡Mamá!», «¡mamá!». Corrieron y gritaron porque daba igual quién los escuchara si a ella le había ocurrido alguna desgracia. Se arrodillaron junto a Hipólita a preguntarle si estaba viva: «¿Le pegaron?», «¿le dispararon?», «¿la mataron?». Ella se había librado de la venda y de la soga, que estaban ahí a su lado, pero no dijo nada. Ella fue sólo ese bulto abandonado a su suerte, ese fardo que se tapaba la cara y pegaba las rodillas contra el estómago para que nadie más le hiciera daño, hasta que lloró como cuando era una joven que se sentía vieja: «¡Déjenme aquí!, ¡déjenme aquí!: ¡soy una carga!», balbuceó entre las lágrimas que había estado conteniendo desde que se había vuelto esa madre suicida que había estado a punto de empujarlos a la muerte. «¡Perdón!, ¡perdón!», les dijo estirándoles las manos.

El hermano menor se le lanzó a abrazarla como si ella hubiera vuelto a ser ella y eso fuera lo único que le importara. El hermano mayor se levantó y le dijo «vámonos de aquí, mamá», práctico e incapaz de perder el tiempo en escenas dramáticas, como si no fuera a cambiar jamás. Y luego se quedó un rato mirando al frente, al montecito que iba a dar a San Isidro como mirando el mar, con la cara enjuta de quien se siente el remplazo del padre pero no sabe qué camino tomar. Fue en ese rato, en la oscuridad irreversible de los lugares que no están en el mapa, cuando Segundo le entregó a Maximiliano el último papelito que le había dado su padre. Max, que ha eludido los sentimentalismos desde niño, tardó en comprender qué era lo que estaba ocurriendo: «¿Qué es eso…?», peleó.

—No se ve nada —se quejó el hermano mayor cuando cayó en cuenta de qué estaba pasando—: ¿qué dice?

—Dice «aquí estoy» —reveló el hermano menor como si acabara de contar el secreto del mundo.

—¿Y no más? —preguntó Max desilusionado como si hubiera abierto una caja enorme para nada—: ¿eso es?

Se lo había escrito a él, a su niño Segundo, para que no siguiera sufriendo cuando se quedaba solo con Max y con Hipólita. Se lo decía siempre, señalando el piso, cuando llegaba la hora de dormir y el niño no se dormía.

El papel decía algo más: decía aqui estoy y luego uste es mas fuerte que ellos en una tira de papel arrancada del bloc de cien hojas amarillas que vendían en una licorera que se llamaba Anatoles, pero Segundo le arrancó la última parte para que los otros dos no se sintieran mal esa noche.

Dice la vieja Polonia que el alma sabe tres meses antes que el cuerpo va a morir, pero que su única manera de comunicárselo a la persona es una tristeza que puede confundirse con pesimismo o con nostalgia: los que van a morir van por ahí, tres meses antes de irse, soltando frases del calibre de «cuando yo me muera…» o «a mí lo que me duele es dejar sola a mi madre…» como si se lo susurrara el alma, pero no se lo entendieran del todo. No es raro —dice ella— que Salomón Palacios le haya escrito ese «aquí estoy» a su hijo.

—«Aquí estoy» —repitió Segundo a Maximiliano como diciéndole que no era poco.

—«Aquí estoy»: ja —repitió Hipólita, pisoteando la venda y la cuerda y quitándose la tierra de los labios y de los dientes, como siendo superior a la última tontería de su marido.

Que no estaba en ninguna parte porque estaba muerto. Que esos últimos tiempos había estado echándose sofás sobre la espalda y sosteniendo torres de cajas entre las manos y la barbilla para pagar la puta cagada que había cometido con la vecina. Que había redoblado el trabajo físico como pagando una pena porque ya no le servían ni el perdón de su mujer ni las palabras del pastor ni los amores de sus hijos. Que se aguantaba la cantaleta de ella, de Hipólita, sin voltearla a mirar porque eso sí para qué se había metido él en esas. Que ni siquiera el último cumpleaños, unos días antes de su muerte, había chistado. Y esa noche fue los silbidos entre los árboles y los rumores en el cielo amoratado y los crujidos en el suelo y las luces en el punto de fuga del camino. Y fue llevando a sus deudos desde la trocha hasta la vía que lo saca a uno de ese pueblo.

Qué más podía hacer. Despedirse de ellos. Obligarlos a caminar por el campo despejado, y lloviznoso, hasta llegar al monte. Sacarlos de ahí, de ese pasado, lo más rápido que fuera posible.

—¿Qué huele? —preguntó Segundo cuando llegaron a las faldas de la loma.

—A cigarrillo: a qué más va a oler —contestó Hipólita y se puso al frente del viaje y siguió el humo hasta una trocha que quién sabe cuáles matones habían abierto.

Olía al papá. Al sudor y a las cenizas y a los dedos amarillosos del papá cuando volvía a la casa. A sus cosas. A las porquerías que había en la guantera del furgón. Al timón. A los papelitos que había dejado con las palabras sueltas que todo el tiempo se les vienen a la cabeza: «Hasta mañana», «paciencia», «calma», «hay que dormir bien», «hay que comer bien». Siguieron el rastro de ese olor, la cola de su humo que no podía verse, por una trocha llena de raíces que hacían zancadilla, de ramas con babas y espinas y jirones de uniformes camuflados, de botas de caucho abandonadas. No recobraron la risa, ni hablaron de nada que no fuera la ilusión de cambiar la incertidumbre del monte por la incertidumbre de la carretera. Vieron una luciérnaga que se fue: todos la recuerdan. Pero de resto, nada.

Hipólita se rio, fascinada por la cadena de sus desgracias, porque se fue de culo en una cuesta resbalosa en la cima que llevaba a la vía: jejejé. Pero sus hijos guardaron silencio mientras la ayudaban a pararse de nuevo.

Sintieron pequeños monstruos correr detrás de ellos, a su paso, como ratas de monte o perros diabólicos de dos cabezas o pájaros negros saltarines de esos que pican los ojos de los cadáveres.

Y, sin embargo, el olor a cigarrillo espantó a los insectos pegadizos sin patas y sin alas que reptaban por el fango. Y los salvó de los enredijos y de los cepos de esa selva renegrida y estrecha y viscosa y fétida que les pareció el infierno: puede que lo fuera.

Él los vio. Él fue adelante todo el tiempo. Treparon hasta llegar a la carretera cuando empezaba a amanecer en la distancia. Y se fueron a pie en fila india y en el orden en el que el muerto los conoció, Hipólita, Maximiliano y Segundo, detrás de esa luz. Y cuando ya iba a ser de día, que serían, creen los tres, las seis de la mañana, pasó un camión de cama baja repleto de plátanos verdes que nunca en la vida habían visto y nunca en la vida volvieron a ver. Y el conductor, que se llamaba don Miguel Antonio y era un viejo de gafas gruesas que parecía pensando en otra cosa, les preguntó si querían que los llevara a alguna parte. Hipólita le dijo «adonde usted vaya». Y se subieron a las pilas verdosas de bananos y bananos, que era como ir sentados en piedras, felices de estarse yendo, de irse.

155

Y miraron la valla que habían puesto los asesinos, «No hay imposibles sino falta de güevos», pero la miraron de reojo como se mira un perro rabioso, un ejército dormido que despertó una vez para cortarles las manos a los enemigos de la patria.

Y entonces, cuando el camión empezó a alejarse y estaba a punto de rodear las montañas y perderse, su mujer se trajo a sus hijos hasta sus hombros y les dio besos en la frente y les dijo «no se hagan lejos, mis pachas: pa' qué».

Y él se quedó allá atrás, y allá en Belén del Chamí ha seguido, varado, estos veintiocho años, porque no ha sabido cómo más mortificarse, cómo más sentirse menos inútil, menos mal. La vieja Polonia se lo dice cuando lo siente por ahí: «Váyase ya, hombre, no se castigue más». Pero él está esperando a que su mujer y sus hijos y sus nueras y sus nietos se mueran para dejar de merodear y de espantar, de cerrarles las puertas del templo de un solo golpe y de revolverles los papeles de la estación de policía y de apagarles las luces en los campamentos de las bandas que quieren revivir las maldades del comandante aquel, pues no ha encontrado otra manera de servirles. Quedarse esperándolos, bajo la sombra del Señor, como espera uno a los suyos. Soñar de vez en cuando que está vivo.

«Para viajar lejos no hay mejor nave que un libro.»

EMILY DICKINSON

Gracias por tu lectura de este libro.

En **Penguinlibros.club** encontrarás las mejores
recomendaciones de lectura.

Únete a nuestra comunidad y viaja con nosotros.

Penguinlibros.club

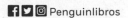